U0929949

文上着锦

——古代序跋名篇

贾子若　编著

全国百佳图书出版单位
APGTIME 时代出版
时代出版传媒股份有限公司
黄　山　书　社

图书在版编目(CIP)数据

文上着锦——古代序跋名篇 / 贾子若编著. — 合肥：黄山书社，2015.7
（古典新读 · 第2辑，中国古代的诗书意趣）
ISBN 978-7-5461-5189-2

Ⅰ. ①文… Ⅱ. ①贾… Ⅲ. ①序跋—作品集—中国—古代
Ⅳ. ①I262

中国版本图书馆CIP数据核字（2015）第175655号

文上着锦——古代序跋名篇
WENSHANG ZHUOJIN　GUDAI XUBA MINGPIAN
贾子若　编著

出 品 人　任耕耘
总 策 划　任耕耘　蒋一谈
执行策划　马　磊
项目总监　高　杨　钟　鸣
内容总监　毛白鸽
编辑统筹　张月阳　王　新
责任编辑　周振华
图文编辑　王　新
装帧设计　王萌萌　李　晶
图片统筹　DuTo Time
出版发行　时代出版传媒股份有限公司（http://www.press-mart.com）
　　　　　黄山书社（http://www.hspress.cn）
地址邮编　安徽省合肥市蜀山区翡翠路1118号出版传媒广场7层　230071
印　　刷　安徽联众印刷有限公司
版　　次　2016 年 3 月第 1 版
印　　次　2016 年 3 月第 1 次印刷
开　　本　710mm × 875mm　1/32
字　　数　164千
印　　张　5
书　　号　ISBN 978-7-5461-5189-2
定　　价　26.00 元

服务热线　0551-63533706
销售热线　0551-63533761
官方直营书店（http://hsssbook.taobao.com）

前言

序跋，是中国古典散文中较为常见的文学体裁。从南朝梁文学家萧统的《文选》，到清代散文家姚鼐的《古文辞类纂》，都将序跋专门列为一类。

序跋或描写江山胜景，抒发对人生、身世的感慨，如王羲之的《兰亭集序》，描绘了悠游山水、饮酒赋诗的闲情雅兴和兴尽悲来的人生感受；又如苏轼的《南行集序》，记述了父子三人乘舟穿三峡，以及父子间对弈、赋诗、唱和的快乐时光。序跋或叙述自身经历，饱含亡国破家的悲愤，如李清照的《金石录后序》，描述了金石字画得难失易的痛苦；又如张岱的《陶庵梦忆序》，在忏悔中追忆了已逝去的烈火烹油的豪奢生活。序跋或借古鉴今，总结朝代的盛衰、兴亡的教训，如韩愈的《张中丞传后

序》，总结历史教训，力主平定藩镇，中兴唐室。

孔子认为文章的文采是极其重要的：“言而无文，行之不远。”因此，本书作为序跋的专门选集，选择了兼具诗歌的意境美和艺术美，并具有较高思想价值的历代序跋作品十九篇，时间从汉代至清末，并对其加以注释和解读。

若书是精美的冠冕，序跋则是冠冕上耀眼的宝石。本书精选历代序跋中的佳作，谨以飨读者，不当之处，还请不吝赐教。

目录

绪 论

序，也作“叙”。明代徐师曾在《文体明辨序说》中，从语源上引用《尔雅·释诂》中“叙，绪也”的解释，将“序”解释为“言其善叙事，理次第有序若丝之绪也”。序这种文体，叙事极其有次序和条理，就像找到一团乱麻的线头就可以抽出一条线来一样，用以介绍或者引出一部著作，帮助读者更好地阅读和理解。

序产生较早，西汉司马迁《史记》中的《太史公自序》标志着序作为一种文体正式出现。而“题”“跋”“书后”等序的别名，是随着序的不断发展才逐渐出现的，时间晚于序近千年。一般来说，序重在记叙与议论，而跋主要用来抒发感慨。

早期的序一般都在著作的后面，如司马迁《史记》中的《太史公自序》，以及南北朝刘勰《文心雕龙》中的《序志》等。但随着时间的发展，后世大多将序放在卷首，而把少数仍放在卷末的文章称为“后叙”（“后序”），如唐代韩愈的《张中丞传后序》、宋代李清照的《金石录后序》等。

跋和后叙，作用相同。金代韩孝彦的《篇海》曰：“足后为跋。”跋和后叙都是书后的短文。徐师曾在《文体明辨序说》中指出："按题跋者，简编之后语也。凡经传、子史、诗文、图书之类，前有序引，后有后序，可谓尽矣；其后览者，或因人之请求，或因感而有得，则复撰词以缀于末简，而总谓之题跋。"最早的跋出现于唐代，称为"题某后"或"读某后"，如李翱《题燕太子丹传后》。宋代欧阳修著有《集古录》，将跋文附在碑文真迹之后，考订碑文的情况。随后，苏轼、黄庭坚将题跋推上了一个新高度，明代毛晋的《汲古阁书跋·东坡题跋》评曰："元祐大家，世称苏、黄二老……凡人物书画，一经二老题跋，非雷非霆，而千载震惊。"至南宋，题跋的作者群体和题材进一步扩大，出现了陆游、杨万里等题跋大家；金、元、明时期相对沉寂；明末清初，题跋写作又一次兴起，但主要集中在金石碑刻、书籍版本的考证上，偏重学术，散发出浓厚的学究之气。而金农、郑燮等人的题跋有宋人余韵，卓然不同。

根据序的类别及形式划分，序有自序，也有他序。曹丕《典论·自序》实际上是其自传，但仍归类为序。此外，序还可分为多种类别，有为诗、词、文、赋单篇作品写的序，如唐代白居易的《琵琶行》、姜夔的《扬州慢》正文前的小序、南北朝庾信的《哀江南赋》；有为经学、史学、文学、科学等各种专集所写的序，如南朝钟嵘的《诗品序》、萧统的《陶渊明集序》，元代钟嗣成的《录鬼簿序》，明代冯梦龙的《序山歌》、宋应星的《天工开物序》，清代蒲松龄的《聊斋志异自序》，近代严复的《译〈天演论〉自序》等；有为文人雅集、饯别时吟咏的诗歌所写的总序，如东晋王羲之的《兰亭集序》、唐代王勃的《滕王阁序》等。当时所作的诗歌没有流传后世，序却成为脍炙人口的传世名篇。

序跋是一部书主旨与精神的体现，或是对艺术作品的精到评价，大致叙述作序的动机、缘起，简介著作的体例、目次，评议其特点与不足，条理清晰，结构严谨，叙事与议论相结合，往往还包含着作者的“真知灼见”和“真性情”。优秀的序跋或提出深刻独到的文学见解，如东汉卫宏的《毛诗序》，首次提出“诗言志”这一中国古典诗歌的纲领；又如宋代苏轼的《书摩诘蓝田烟雨图后》，提出“诗中有画，画中有诗”的评语，成为后世对王维诗画的标志性定评；再如明代袁宏道的《小修诗序》，强调“独抒性灵，不拘格套”，对晚明时期诗文均有重要影响；而近代王国维的《〈宋元戏曲考〉序》提出“一代之文学”的观点，对人们正确认识文学发展史具有深远意义。

太史公自序（节选）

司马迁

太史公曰①："先人有言②：'自周公卒五百岁而有孔子③。孔子卒后至于今五百岁，有能绍明世，正《易传》④，继《春秋》⑤，本《诗》⑥《书》⑦《礼》⑧《乐》⑨之际？'意在斯乎！意在斯乎！小子何敢让焉！"

上大夫壶遂曰⑩："昔孔子何为而作《春秋》哉？"太史公曰："余闻董生曰⑪：'周道衰废，孔子为鲁司寇⑫，诸侯害子，大夫壅之。孔子知言之不用，道之不行也，是非二百四十二年之中，以为天下仪表，贬天子，退诸侯，讨大夫，以达王事而已矣。'子曰：'我欲载之空言，不如见之于行事之深切著明也。'夫《春秋》，上明三王之道⑬，下辨人事之纪，别嫌疑，明是非，定犹豫，善善恶恶，贤贤贱不肖，存亡国，继绝世，补敝起废，王道之大者也。《易》著天地、阴阳、四时、五行⑭，故长于变；《礼》经纪人伦，故长于行；《书》记先王之事，故长于政；《诗》记山川、溪谷、禽兽、草木、牝牡、雌雄⑮，故长于风；《乐》乐所以立，故长于和；《春秋》辨是非，故长于治人。是故《礼》以节人，《乐》以发和，《书》以道事，《诗》以达意，《易》以道化，《春秋》以道义。拨乱世反之正，莫近于《春秋》。《春秋》文成数万，其指数千⑯。万物之散聚皆在《春秋》。《春秋》之中，弑君三十六⑰，亡国五十二，诸侯奔走不得保其社稷者不可胜数⑱。察其所以，皆失其本已。故《易》曰'失之毫厘，差之千里'。故曰'臣弑君，子弑父，非一旦一夕之故也，其渐久矣'。故有国者不可以不知《春秋》，前有谗而弗见，后有贼而不知。为人臣者不可以不知《春秋》，守经事而不知其宜，遭变事而不知其权。为人君父而不通于《春秋》之义者，必蒙首恶之名。为人臣子而不通于《春秋》之义者，必陷篡弑之诛，死罪之名。其实皆以为善，为之不知其义，被之空言而不敢辞。夫不通礼义之旨，至于君不君，臣不臣，父不父，子不子。夫君不君则犯，臣不臣则诛，父不父则无道，子不子则不孝。此四行者，天下之大过也。以天下之大过予之，则受而弗敢辞。故《春秋》者，礼义之大宗也。夫礼禁未然之前，法施已然之后；法之所为用者易见，而礼之所为禁者难知。”

壶遂曰：“孔子之时，上无明君，下不得任用，故作《春秋》，垂空文以断礼义，当一王之法。今夫子上遇明天子，下得守职，万事既具，咸各序其宜，夫子所论，欲以何明？”

太史公曰：“唯唯，否否，不然。余闻之先人曰：‘伏羲至纯厚⑲，作《易》《八卦》；尧、舜之盛⑳，《尚书》载之㉑，礼乐作焉；汤、武之隆㉒，诗人歌之㉓。《春秋》采善贬恶，推三代之德㉔，褒周室，非独刺讥而已也。’汉兴以来，至明天子，获符瑞㉕，建封禅㉖，改正朔㉗，易服色㉘，受命于穆清㉙，泽流罔极，海外殊俗，重译款塞㉚，请来献见者，不可胜道。臣下百官，力诵圣德，犹不能宣尽其意。且士贤能而不用，有国者之耻；主上明圣而德不布闻，有司之过也。且余尝掌其官，废明圣盛德不

（清）焦秉贞《孔子圣迹图》

载，灭功臣、世家、贤大夫之业不述，堕先人所言，罪莫大焉。余所谓述故事，整齐其世传，非所谓作也，而君比之于《春秋》，谬矣。”

于是论次其文。七年，而太史公遭李陵之祸㉛，幽于缧绁㉜。乃喟然而叹曰：“是余之罪也夫？是余之罪也夫？身毁不用矣！”退而深惟曰：“夫《诗》《书》隐约者，欲遂其志之思也。昔西伯拘羑里，演《周易》㉝；孔子厄陈、蔡，作《春秋》㉞；屈原放逐，著《离骚》[35]；左丘失明，厥有《国语》[36]；孙子膑脚，而论兵法[37]；不韦迁蜀，世传《吕览》[38]；韩非囚秦，《说难》《孤愤》[39]；《诗》三百篇[40]，大抵贤圣发愤之所为作也。此人皆意有所郁结，不得通其道也，故述往事，思来者。”于是卒述陶唐以来[41]，至于麟止[42]，自黄帝始[43]。

【注释】

①太史公：司马迁的自称。

②先人：司马谈（？—前110），司马迁的父亲。

③周公：姬旦，周武王的弟弟，周成王的叔叔。武王死时，成王尚年幼，便由周公代掌政权。相传，周朝的礼乐制度便是由周公制定的。

④《易传》：《周易》的一部分，是战国时期的学者对《周易》的各种解释。

⑤《春秋》：儒家经典之一，相传由孔子根据鲁国的《春秋》整理修订而成。

⑥《诗》：《诗经》，儒家经典之一，是中国第一部诗歌总集。

⑦《书》：《尚书》，儒家经典之一，是上古历史事件和追述古代事迹著作的汇编。

⑧《礼》：儒家经典《周礼》《仪礼》《礼记》三书的综合。

⑨《乐》：儒家经典之一，现已失传。其与《易传》《春秋》《诗》《书》《礼》并称“六艺”。

⑩壶遂：人名，曾和司马迁一起参加太初改历，官至詹事（即给事、执事），故称“上大夫”。

⑪董生：汉代儒学大师董仲舒（前179—前104）。

⑫孔子为鲁司寇：鲁定公十年（前500），孔子52岁时曾在鲁国由中都宰升任司空和大司寇。司寇，即掌管刑狱的官。

⑬三王：指夏、商、周三代的开国之君禹、汤、文王。

⑭阴阳：我国古代利用“阴阳说”解释万物发展变化，认为天地之间的万事万物都可以用阴阳解释。四时：春、夏、秋、冬四季。五行：水、火、木、金、土等五种基本元素，古人认为它们之间会相生相克。

⑮牝（pìn）牡：牝为雌，牡为雄。

⑯指：同“旨”。

⑰弑：古时称臣杀君、子杀父母为“弑”。

⑱社稷：土神和谷神。古代王朝建立，必先立社稷坛；灭人之国，也必先改置被灭国的社稷坛。故古人以社稷为国家政权的象征。

⑲伏羲：相传是人类的始祖，曾教民结网，从事渔猎畜牧。

⑳尧：相传是中国父系社会后期部落联盟的领袖。舜：由尧推举，继任部落联盟的领袖。

㉑《尚书》载之：《尚书》的第一篇《尧典》，记载了尧禅位给舜的事迹。

㉒汤：商朝的建立者。武：西周王朝的建立者。

㉓诗人歌之：《诗经》中有《商颂》五篇，内容大都为对商朝先王先公的赞颂。

㉔三代：夏、商、周。

㉕符瑞：吉祥的征兆。前122年，汉武帝曾猎获了一头白麟，认为这是吉兆，于是改元“元狩”。

北京社稷坛

㉖封禅：帝王祭天地的典礼。

㉗正朔：正是一年的开始，朔是一月的开始；正朔即指一年的第一天。古代君主改朝换代，都要重新确定何时为一年的第一个月，以示受命于天。

㉘易服色：变更车马、祭祀的颜色。秦汉时期有“五德始终说”，认为每个朝代占据五行中的一德，并与此对应而崇尚一种颜色。夏朝是水德，尚黑；商朝是金德，尚白；周朝是火德，尚赤。汉初尚黑，自认为是水德，至汉武帝时，改为土德，尚黄。

㉙穆清：指天。

㉚重译：指远方邻邦。款塞：叩关。

㉛遭李陵之祸：李陵（？—前74），汉代名将李广之孙，精于骑射，汉武帝时官拜骑都尉。天汉二年（前99），汉武帝出兵攻打匈奴，时任偏师的李陵兵败投降。司马迁在汉武帝面前为李陵辩解，被下狱问罪，处以宫刑。

㉜缧绁（léi xiè）：捆绑犯人的黑绳索，借指监狱。

㉝西伯拘羑（yǒu）里，演《周易》：周文王被商纣王拘禁在羑里（今河南省汤阴县北）时，将上古时代的八卦（相传是伏羲所作）推演成六十四卦，成就了《周易》一书。

阴阳八卦图

㉞孔子厄陈、蔡，作《春秋》：孔子为了宣传自己的政治主张，曾周游列国，却四处碰壁，在陈国和蔡国时还曾陷入绝粮和被围攻的困境。后来，他便返回鲁国写作《春秋》。

㉟屈原放逐，著《离骚》：屈原被楚怀王疏远，放逐汉北后，才写下了《离骚》。

㊱左丘：春秋时期鲁国的史官。相传他失明后，方撰写成《国语》一书。

㊲孙子膑脚，而论兵法：孙膑因受膑刑（截去两腿膝盖上膑骨）以后得名，著有《孙膑兵法》。

㊳不韦迁蜀，世传《吕览》：吕不韦曾命门下的宾客编撰了《吕氏春秋》（又称《吕览》）。秦始皇亲政后，他被免去相国职务，迁往蜀地。

㊴韩非囚秦，《说难》《孤愤》：韩非子是战国末期法家的代表，曾

遭李斯所谗，囚入狱中，著有《韩非子》。《说难》《孤愤》是《韩非子》中的两篇。

㊵《诗》三百篇：《诗经》三百余篇。

㊶陶唐：即尧帝。

㊷至于麟止：《史记》记事止于汉武帝猎获白麟的那一年。鲁哀公十四年（前481），鲁哀公亦曾猎获麒麟，孔子听说后，即停止了《春秋》的写作，后人称其"绝笔于获麟"。《史记》正是仿效了孔子。

㊸黄帝：华夏民族的共同祖先，号轩辕氏、有熊氏。《史记》首篇即《五帝本纪》，而黄帝为五帝之首，故以他为始。

【解读】

司马迁像（清人绘）

司马迁（约前145—约前90），字子长，夏阳龙门（今陕西韩城）人，是西汉杰出的史学家、文学家。司马迁是太史令司马谈之子，幼年从师于经学大师董仲舒、孔安国，青年时期开始游历天下，足迹遍布江、浙、湘、赣、齐、鲁、梁、楚等地，后又奉旨出使西南，几乎踏遍大江南北，在此期间积累了大量历史、民俗资料。元封三年（前108），司马迁继承其父之职为太史令。天汉三年（前98），司马迁因替投降匈奴的李陵辩解，获罪下狱，并遭宫刑。出狱后，司马迁任中书令，发愤著书，最终于征和二年（前91）撰成了不朽的史家名著《史记》。

《史记》又称《太史公书》，是中国最早的纪传体通史，也是一部优秀的传记文学。《史记》对历史事件与人物的评价，既突破了传统儒学，又有独特的见解。其刻画的人物，个性鲜明，描绘传神，语言生动。鲁迅先生赞誉《史记》是“史家之绝唱，无韵之离骚”。其议论情感强烈，气势充沛，层次分明。

《太史公自序》是《史记》中的开篇，主要是阐明司马迁撰写《史记》的目的。司马谈曾说过，自周公死后五百年孔子才降生，孔子死后到现在又快五百年了，还会出现能够宣扬开明盛世、正确解释《易传》，继承春秋的传统、阐述《诗经》《书经》《礼记》《乐记》等精神本质的人吗？司马谈的这番话便是希望有人能继续撰写史书，既然如此，司马迁怎么能够违背父亲的愿望呢？

当然也有人质疑：孔子所处的时代，上无圣主，下无贤才，所以孔子著《春秋》，以此作为判断行事是否符合礼义的标准，可以抵得上一代君王的法令。而司马迁所处的时代，上有圣明的君主，下有百官各司其职，外事具备，各得其所。著述史书，又要说明什么呢？

司马迁回答道：“是，也不是。先父曾说，伏羲时代最为淳朴，制出了《易经》八卦；尧舜时代昌盛，《尚书》中有记载，《礼记》《乐记》也接连问世；商汤、周武时代兴隆，诗人作诗歌颂；《春秋》赞扬善人，贬责恶人，推崇夏、商、周三代的德政，赞扬周朝，而不只是讥讽。汉朝创立以来，直到圣明的当今天子，获麒麟，祭泰山，修立法，改服色，受命于天，恩泽无边。海外不同风俗的人，通过多重翻译入关，请求进献和接见的数不胜数。百官大力颂扬圣上的恩德，还不能充分表达他们的心意。士人贤能，不能被人所用，是君主的耻辱；君主圣明，却不能将仁德广泛传播，是官员的过失。我曾任太史令之职，如果不记载圣明天子的圣德，埋没功成、世家、贤大夫的功业，忘记先父的遗言，就是大罪过。我叙述的是过去，整理历代传说算不上

司马迁著书蜡像

创作，若将这与《春秋》相比，那就是错误了。”

于是，司马迁开始着手撰写《史记》。七年后，司马迁因李陵之事受到牵连获罪，被关在监牢中，叹息道：“这是我的罪过吗？我的身体已遭摧残而毫无用处了！”但他又深思道：“现在我才知道，《诗》《书》等经典词意隐微、文字简洁，是为了抒发郁结心中的愤慨。从前西伯侯被囚于羑里，推演出了《周易》；孔子受困于陈国、蔡国，立志写作《春秋》；屈原被流放，创作了《离骚》；左丘明双目失明，才著述了《国语》；孙膑受膑刑，撰写了兵法；吕不韦被贬到西蜀，世上才有《吕览》；韩非被秦国拘留，写出了《说难》和《孤愤》；《诗经》

三百篇，大多是怀才不遇之人抒发悲愤的作品……这些人都是心中不畅，不能实现自己的抱负，所以记述过去，希望后人能借此了解自己。”因此，司马迁记述了从黄帝到汉武帝的历史。

司马迁在《太史公自序》中提出的“发愤著书”的观点，阐述了作家与现实生活、文学创作与作家境遇的关系，揭示了历代正直不阿的名士怀才不遇或遭受打击时，反而激发出了创作的热情，创作出具有真实情感和现实意义著作的普遍现象。后世韩愈提出的“不平则鸣”“自鸣不幸”，欧阳修提出的“穷而后工”等见解，均是对司马迁这一观点的继承和发扬。

文中列举前世发愤著书的事例，间接说明了《史记》同样是发愤创作而成。作者于字里行间流露出对现实的不满，但同时也用了不少篇幅歌颂汉武帝的英明与功德。有学者认为这并非其由衷之言，从司马迁的另一传世之作《报任安书》中可见一斑。

毛诗序

卫 宏

《关雎》①，后妃之德也②，风之始也③，所以风天下④而正夫妇也。故用之乡人焉⑤，用之邦国焉⑥。风，风也，教也，风以动⑦之，教以化⑧之。

诗者，志之所之也⑨，在心为志，发言为诗，情动于中而形于言，言之不足故嗟叹之，嗟叹之不足，故咏歌之，咏歌之不足，不知手之舞之，足之蹈之也⑩。

情发于声，声成文谓之音⑪。治世之音安以乐，其政和；乱世之音怨以怒，其政乖⑫；亡国之音哀以思，其民困。故正得失，动天地，感鬼神，莫近于诗⑬。先王以是经夫妇⑭，成孝敬，厚人伦，美教化，移风俗。

故诗有六义⑮焉：一曰风⑯，二曰赋⑰，三曰比⑱，四曰兴⑲，五曰雅⑳，六曰颂㉑。上以风化下，下以风刺㉒上，主文而谲谏㉓，言之者无罪，闻之者足以戒，故曰风。至于王道衰，礼义废，政教失，国异政，家殊俗，而变风变雅㉔作矣。国史㉕明乎得失之迹，伤人伦之废，哀刑政之苛，吟咏情性，以风其上，达于事变而怀其旧俗也。故变风发乎情，止乎礼义。发乎情，民之性也；止乎礼义，先王之泽也。是以一国之事，系一人之本，谓之风㉖；言天下之事，形四方之风，谓之雅㉗。雅者，正也，言王政之所由废兴也。政有大小，故有小雅焉，有大雅焉。颂者，美盛德之形容，以其成功告于神明者也㉘。是谓四始㉙，诗之至也㉚。

然则㉛《关雎》《麟趾》之化，王者之风，故系之周公。南㉜，言化自北而南也。《鹊巢》《驺虞》之德，诸侯之风也，先王之所以教，故系之召公㉝。《周南》《召南》，正始之道，王化之基㉞。是以《关雎》乐得淑女，以配君子，忧在进贤，不淫其色；哀㉟窈窕，思贤才，而无伤善之心焉。是《关雎》之义也。

风、雅、颂者，《诗》篇之异体；赋、比、兴者，《诗》文之异辞耳。大小不同，而得并为六义者。赋、比、兴是《诗》之所用，风、雅、颂是《诗》之成形，用彼三事，成此三事，是故同称为“义”。

大师教六诗：曰风，曰赋，曰比，曰兴，曰雅，曰颂，以六德为之本，以六律为之音。

【注释】

周文王像（明人绘）

①《关雎》：《诗经·国风·周南》的第一首诗。

②后妃之德也：后妃，天子之妻，一说指周文王妃太姒。此处说《关雎》是称颂后妃美德的。

③风之始也：这里的“风”指《国风》，《诗经》里的《国风》指各地的民歌民谣。

④风（fèng）：用作动词，教化之意。

⑤用之乡人焉：以《关雎》教化百姓。据《仪礼·乡饮酒礼》记载，乡大夫行乡饮酒礼时，以《关雎》合乐。“乡人”即百姓。

⑥用之邦国焉：《仪礼·燕礼》载，诸侯行燕礼饮燕其臣子宾客时，歌乡乐《关雎》《葛覃》等。邦国的本义是指都城，大者为邦，小者为国，后指都城所统领的封地和疆域。

⑦动：感动。

⑧化：感化。

⑨志：心意，情感。之：到达，所致。

⑩“情动于中”以下五句：意指内心的情感通过诗歌、音乐等调节和表达出来。

⑪声成文谓之音：声，指宫、商、角、徵、羽；文，由五声和合而成的曲调；音，指将五声合成的调。

⑫乖：反常。

⑬莫近于诗：没有比诗更近切的。指诗最具有“正得失”的功能。

⑭经夫妇：以常道规范夫妻关系。经，常道，使动用法。

⑮六义：《诗序》“六义”说源于《周礼》“六诗”，《周礼·春官·大师》载：“大师教六诗：曰风，曰赋，曰比，曰兴，曰雅，曰颂。”但因对诗与乐的关系理解有异，故二者次序有别。赋、比、兴指表现诗歌内容的写作手法，风、雅、颂指诗歌的题材类型。

⑯风：指《诗经》中的十五国风。这里又含有风化、讽刺之义。

⑰赋：与“比”“兴”为一组范畴，指《诗经》的铺陈直叙的表现手法。

⑱比：比喻手法。郑玄《周礼·太师》注：“比者，比方于物也。”朱熹《诗经集传》：“比者，以彼物比此物也。”

⑲兴：起，指发端的手法，发端有时也有比喻的作用，有时只是音律的需要，与意义无关。

⑳雅：指雅诗。据下文的解释，有正的意义，谈王政之兴废。大小雅

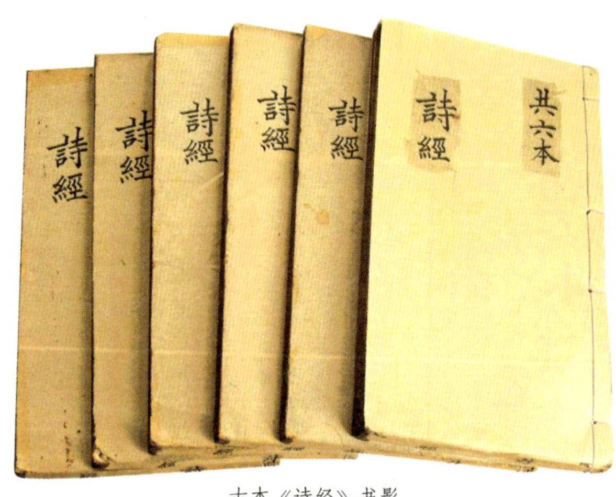

古本《诗经》书影

（宋）佚名《女孝经图》【局部】

的配乐，时称正声。梁启超《释四诗名义》说：“‘雅’与‘夏’古字通……雅音即夏音，犹言中原正声云尔。”

㉑颂：指颂诗。据下文的解释，有形容之意，即借着舞蹈表现诗歌的情态。

㉒刺：这里的“风刺”不同于现在的“讽刺”，而是用“风”这种诗歌来委婉、含蓄地批评、劝告的意思。

㉓主文而谲（jué）谏：谲谏，“咏歌依违，不直谏也”。此言当其“刺”时，合于宫商相应之文，并以婉约的言辞进行谏劝，而不直言君王之过失，所以叫“言之者无罪，闻之者足戒”。

㉔变风变雅：变，指时世由盛变衰；变风，指《邶风》下的十三国风；变雅，指大雅《中劳》后的诗，小雅中《六月》后的诗。二者虽有个别例外，但变风、变雅大多是西周中期衰落以后的作品，即“乱世之音”“亡国之音”。

㉕国史：国之史官。《正义》引郑玄言：“国史采众诗时，明其好恶，令瞽蒙歌之。其无作主，皆国史主之，令可歌。”

㉖“是以……谓之风”：这句是对“风”的解释。一国，指诸侯之国，与下文“雅”之所言“天下”有别，表明“风”的地方性；一

（清）吴求《豳风图之缝衣》

（清）吴求《豳风图之八月剥枣》

吴求的这两幅画是根据《诗经·豳风》中的名句绘制而成的，生动、形象地描绘了古代陕西地区的民风民俗。

人，指作诗之人。

㉗“言天下”至“谓之雅”句：这是对“雅”的解释。《正义》说：“诗人总天下之心，四方风俗，以为己意，而咏歌王政，故作诗道说天下之事，发见四方之风，所言者乃是天子之政，施齐正于天下，故谓之雅，以其广故也。”

㉘“颂者”句：这句是对“颂”的解释。此句说“颂”是祭祀时赞美君王功德的诗乐。这里的“形”和“容”，指形象、容貌或形状、样态。

㉙四始：始指王道兴衰的根由。司马迁认为：“《关雎》之乱，以为风始；《鹿鸣》为小雅始；《文王》为大雅始；《清庙》为颂始。”《毛诗序》开头说《关雎》“风之始也”，实袭自《史记》。

㉚诗之至也：诗歌之义理尽于此。

㉛然则：古时用来表示承上启下常用词，无实义。

㉜南：指《周南》《召南》。

㉝“《鹊巢》《驺虞》”句：《鹊巢》是《国风·召南》的首篇，《驺虞》是其末篇。《正义》说：“《鹊巢》《驺虞》之德，是诸侯之风，先王、大王、王季所以教化民也。诸侯必贤召公，贤人故系之召公。”

㉞“《周南》《召南》”句：《周南》，《国风》的第一部分，共计十一篇；《召南》在《周南》之后，计十四篇。《正义》说：“《周南》《召南》二十五篇之诗，皆是正其初始之大道，王业风化之基本也。”

㉟哀：即“衷”的误写，《毛诗正义》说“衷谓中心恕之，无伤善之心，谓好逑也”。

【解读】

卫宏（生卒年不详），字敬仲，东汉东海（今山东省郯城西）人。他师从谢曼卿学《毛诗》，做《毛诗序》；师从杜林学《尚书》，做《尚书训旨》；另有《汉旧仪》四篇，记载西汉杂事。原书大部分散佚，今有清代孙星衍校辑本。

《毛诗序》有大序、小序之分。大序是全书的序言，小序是每篇中类似于题解的短文。《毛诗序》是中国诗歌理论的第一篇专论，是作者对先秦诗歌创作的理论概括，总结了先秦以来儒家学者对诗歌的许多重要看法，是先秦到西汉的儒家诗论的总论。

《毛诗序》以《关雎》为始，认为它是《诗经》十五国风的起始，用来教化天下，矫正夫妇之道。因此，它可以用来教化百姓，也可以用来教化诸侯邦国。

诗歌的艺术本质是抒情与言志相统一，《毛诗序》完整诠释了这一特征："诗者，志之所之也。"这说明了诗歌创作的本源是"志"，诗歌的内容也由"志"构成。这一思想与先秦时期"诗言志"的观点一致。《毛诗序》出自汉儒之笔，与儒家思想相融，"诗言志"也因此被经学化，并纳入儒家思想体系。除此之外，《毛诗序》还提出了"情动于中而形于言"的观点："在心为志，发言为诗。"虽然没有明确"志"与"情"的关系，但《毛诗序》认为二者是相统一的。

抒情，最早出现于乐论中，《毛诗序》关于抒情的观点来自《荀子·乐论》及《礼记·乐论》。因此，其诗论中还存在许多乐论的观点，仍在诗与乐的基础上理解诗歌的本质。《毛诗序》汲取乐论的抒情之说，补充先秦以来的诗言志之说，对中国古代文学观念的发展具有十分重要的意义。声可表情，有宫、商、角、徵、羽五调，合为音乐。太平盛世的音乐欢乐平顺，社会也平和安顺；乱世的音乐怨恨而愤怒，社会也乖戾残暴；亡国音乐悲哀思虑，社会也困顿贫穷。所以，矫正政治得失，感天地泣鬼神，没有更甚于诗的。古代的君王正是以诗来教化夫妻关系，培养孝道，敦厚人伦纲常，淳美教育风气，修正不良的风俗。

基于儒家的观点，《毛诗序》特别重视诗歌以政教为核心的社会作用。"经夫妇，成孝敬，厚人伦"正是诗歌自上而下的教化。《毛诗序》充分意识到了教化与情感间的关系，因此，有

（南宋）马和之《小雅·鹿鸣之什图》

此图表现了《诗经》所描写的采桑、耕地、饮酒观舞、拜谒等不同场面。

“风以动之，教以化之”之说。但必须要指出的是，《毛诗序》将这种作用夸大了（“动天地感鬼神”等）。《毛诗序》由于认为诗歌是教化的工具，因此，也认为《诗经》中的每篇作品中都有教化的隐喻，并将这种隐喻做了解读（如将《关雎》解读为“后妃之德”），较为牵强附会。

《毛诗序》还认为政治与诗歌是不可分割的，时代兴衰对诗歌的发展有极大的影响，因而有“变风变雅”。这与刘勰《文心雕龙·时序》中“时运交移，质文代变”的说法是相通的。

诗有六义，即“风”“赋”“比”“兴”“雅”“颂”。统治者用“风”教化百姓，百姓用“风”讽喻统治者，文辞深隐，谏劝委婉，劝诫的人不会获罪，听取的人足以警戒。当王道衰微、礼义废弛，政教丧失，诸侯国各行其政，百姓各行其道时，变“风”、变“雅”的诗就会出现。史官明白政治的得失，对人伦废弛悲伤，对刑法苛刻悲怨，于是吟咏表达自己感情的诗歌，来讽喻君王，既明白世事的变化，又怀念旧时的风俗。因此，变“风”源于发自内心的情感，但并没有超出礼义。发自内心的情感是人的本性，不超出礼义是先王教化犹存的结果。所以，如果诗只是吟咏一国之事，只表达诗人自己的内心情感，就成为“风”；如果诗是说天下之事，表现天下四方的风俗，就称为“雅”。“雅”是正的意思，指王政衰微兴盛的原因。政事有大小之分，因此“雅”也有“大雅”“小雅”之分。“颂”是赞美君王之德，将其德政宣告于祖宗神明。“风”“小雅”“大雅”“颂”即“四始”，诗中义理尽在其中。

《关雎》到《麟趾》等篇的教化，是王者之风，在周公名下，称为《周南》。南，是指君王教化从北至南的意思。《鹊巢》至《驺虞》等篇的美德，是诸侯之风，是君王用以教化百姓的，是召公名下，称为《召公》。《周南》《召南》是正始之大

（清）焦秉贞《诗经·麟趾》

麟是传说中的一种祥瑞动物，其有蹄不踏，有额不抵，有角不触，古人将其比作仁德宽厚的君子。

（明）仇英《修竹仕女图》

道，是王化之根本，所以《关雎》是指淑女配以君子，也是忧虑君子进贤举德而不要沉溺于美色。留恋窈窕淑女思慕贤德之才，不妨碍善道，就是《关雎》的要义所在。

《毛诗序》的“六义”之说有丰富的理论内涵。后世对“六义”虽解释不同，但都同意风、雅、颂是诗的分类，赋、比、兴是诗的写作方法。《毛诗序》对风、雅、颂进行了重点阐述，其中浓厚的政治意义与全篇的基调相同。文中提出“主文而谲谏”，认为诗歌应该以委婉的方式表达讽谏，这与儒家“温柔敦厚”的诗教观一致。“发乎情止乎礼”，指出诗歌在抒发情感的同时还要遵守儒家的道德规范，这对后世文学的影响十分深远。《毛诗序》虽对赋、比、兴并没有具体的解释，但对后世诗歌创作亦有极大的启示。

典论·自叙

曹丕

初平之元①，董卓杀主鸩后②，荡覆③王室。是时四海既困中平④之政，兼恶⑤卓之凶逆。家家思乱，人人自危。山东⑥牧守⑦，咸⑧以《春秋》⑨之义，卫⑩人讨州吁⑪于濮，言人人皆得讨贼，于是大兴义兵。名豪大侠，富室强族，飘扬云会，万里相赴。兖、豫之师⑫，战于荥阳⑬。河内之甲⑭，军于孟津⑮。卓遂迁大驾⑯，西都长安⑰。而山东大者连郡国，中者婴⑱城邑，小者聚阡陌，以还相吞并。会黄巾⑲盛于海、岱⑳，山寇暴于并、冀㉑，乘胜转攻，席卷而南。乡邑望烟而奔，城郭睹尘而溃。百姓死亡，暴骨如莽㉒。

余时年五岁。上㉓以四方扰乱，教余学射，六岁而知射。又教余骑马，八岁而知骑射矣。以时之多难，故每征，余常从。

建安初，上南征荆州[24]，至宛[25]，张绣[26]降，旬日而反。亡兄孝廉[27]子修[28]，从兄[29]安民遇害。时余年十岁，乘马得脱。夫文武[30]之道，各随时而用。生于中平之季[31]，长于戎旅之间，是以少好弓马，于今不衰，逐禽辄[32]十里，驰射常百步。日多体健，心每不厌。

建安十年[33]，始定冀州，涉貊[34]贡良弓，燕[35]、代[36]献名马。时岁之暮春，句芒[37]司节[38]，和风扇物，弓燥手柔，草浅兽肥，与族兄子丹[39]猎于邺[40]西终日，手获獐[41]鹿九，雉[42]兔三十。

后军南征，次曲蠡[43]，尚书令[44]荀彧[45]奉使犒军[46]，见余，谈论之末，彧言："闻君善左右射，此实难能。"余言："执事[47]未睹夫项[48]发口纵，俯马蹄而仰月支也[49]。"彧喜，笑曰："乃[50]尔[51]。"余曰："埒[52]有常径，的[53]有常所，虽每发辄中，非至妙也。若夫驰平原，赴丰草，要[54]狡兽，截轻禽，使弓不虚弯[55]，所中必洞[56]，斯则妙矣。"时军祭酒[57]张京在坐[58]，顾彧拊手[59]曰："善。"

余又学击剑[60]，阅师多矣。四方之法各异，唯京师为善。桓、灵[61]之间，有虎贲[62]王越，善斯术，称[63]于京师。河南[64]史阿，言昔与越游俱得其法。余从阿学之，精熟。

尝与平虏将军刘勋、奋威将军邓展[65]等共饮。宿闻展善有手臂[66]，晓五兵[67]，又称其能空手入白刃。余与论剑良久，谓言："将军法非也，余顾尝好之，又得善术。"固求与余对。时酒酣耳。方食竿蔗[68]，便以为杖，下殿数交，三中其臂。左右大笑。展意不平，求更为之。余言吾法急属[69]，难相中面，故齐臂耳。展言愿复一交。余知其欲突以取交中也，因伪深进，展果寻前，余却脚鄛[70]，正截其颡[71]，坐中惊视。余还坐，笑曰："昔阳庆使淳于意去其故方，更授以秘术[72]。今余亦愿邓将军捐弃故伎，更受要道也，一坐尽欢。"

夫事不可自谓己长。余少晓持复[73]，自谓无对。俗名双戟为坐铁室，镶[74]盾[75]为蔽木户。后从陈国[76]袁敏[77]学，以单攻复，每为若神。对家不知所出。先日[78]若逢敏于狭路，直[79]决[80]耳。

余于他戏弄之事少所喜，唯弹棋[81]略尽其巧，少为之赋。昔京师先工[82]有马合乡侯、东方安世、张公子，常恨不得与彼数子者对[83]。

上雅好诗书文籍，虽在军旅，手不释卷。每定省[84]从容，常言："人少好学则思专，长则善忘。"长大而能勤学者，难吾与袁伯业[85]耳。余是以少诵诗论。及长而备历五经四部[86]，《史》《汉》、诸子百家之言，靡不毕览。

所著书论诗赋，凡六十篇。至若智而能愚，勇而能怯，仁以接物，恕以及下，以付后之良史。

【注释】

①初平之元：190年。初平，汉献帝年号。

②董卓杀主鸩后：董卓是东汉末年盘踞西北一带的地方豪强。189年，汉灵帝（刘宏）死，皇子刘辩继位。当时执政的何进密谋诛杀宦官，招董卓进兵洛阳相助。但董卓毒死了刘辩的母亲何太后，杀死了刘辩，立刘协为帝，把持朝政。鸩，用鸩鸟的羽毛泡过的毒酒。

③荡覆：颠覆、破坏。

④中平：汉灵帝刘宏年号。

⑤恶：憎恨、厌恶。

⑥山东：泛指华山（今陕西省华阴县南）以东之地。

⑦牧守：州郡的军政长官。

⑧咸：全、都。

⑨《春秋》：儒家经典之一，旧传孔子根据鲁国史记写成。

⑩卫：古国名，今河南省东北一带。

⑪州吁：卫国公子，于前719年杀异母兄卫桓公自立，同年9月被卫人杀于濮地（今安徽省亳州市东南）。

⑫兖、豫之师：指当时豫州刺史孔伷和兖州刺史刘岱等人统帅的军队。兖州，今山东省西南部一带。豫州，今河南省东部、安徽省北部一带。

⑬荥阳：县名，今河南省郑州西。

⑭河内之甲：指当时驻扎在河内（今河南省武陟县西南）的渤海太守袁绍和河内太守王匡统帅的军队。

⑮孟津：渡口名，今河南省孟津县东北、孟州市南。

⑯大驾：天子乘坐的车辆，借指天子。

⑰长安：今陕西省西安市西北，是东汉的陪都。

⑱婴：萦绕，借指占领。

⑲黄巾：指东汉末年张角领导的农民起义军。

⑳海、岱：指今山东省一带。

㉑并、冀：今山西省、河北省一带。

㉒莽：草，草丛。

㉓上：古代称帝王为“上”，这里指曹操。曹丕建立魏国后，追谥曹操为魏武帝。

㉔荆州：今湖南省、湖北省一带。

㉕宛：今河南省南阳市。

㉖张绣：原为董卓部下，建安元年（196）屯兵于宛城，依附刘表，次年，曹操南征，张绣归降。十日后，又反攻曹军。

㉗孝廉：汉代选拔官吏的两项科目名。

㉘子修：曹操长子曹昂的字。

㉙从兄：堂兄。

㉚文武：文才，武艺。

㉛季：末年。

㉜辄：每，往往。

㉝建安十年：205年。建安，汉献帝刘协年号。

㉞涉貊（huì mò）：古代东北部的少数民族。

㉟燕：指燕郡，今北京市城区及南北一带。

㊱代：指代郡，今山西省东北部、河北省西北部一带。

㊲句芒：古代的木神。

㊳司节：掌管节气的官员。

㊴子丹：曹真的字。

㊵邺：今河北省临漳县。曹操封魏王，都于邺。

㊶獐：兽名，外形像鹿，行动敏捷。

㊷雉：野鸡。

（唐）阎立本《古帝王图卷》

㊸曲蠡：地名，河南许昌颍川郡的颍阴县。

㊹尚书令：汉朝宫廷中掌管文书工作的长官。

㊺荀彧：字文若，曹操的谋士。

㊻犒军：用酒食或财务慰劳士兵。

㊼执事：古时在王侯、官长左右服役的人，后用作尊称对方的客气话。

㊽项：颈项，脖子。

㊾马蹄、月支：均为箭靶名称。曹植《白马篇》："控弦破左的，右发摧月支。仰手接飞猱，俯身散马蹄。"

㊿乃：竟。

(51)尔：如此。

(52)埒：马射场周围的矮墙，借指马射场。
(53)的：箭靶的中心，借指箭靶。
(54)要：通“邀”，意为拦截。
(55)弓不虚弯：即每发必中。
(56)洞：射穿。
(57)军祭酒：当时军队中管理军纪的官员。
(58)坐：同“座”。
(59)拊手：拍手。
(60)击剑：互相击刺的剑术。
(61)桓、灵：指东汉末的桓帝刘志、灵帝刘宏。

⑥²虎贲：禁卫军军官。
⑥³称：称赞，表扬。
⑥⁴河南：郡名，治所在今洛阳市东北。
⑥⁵邓展：后封高乐乡侯。
⑥⁶善有手臂：手臂功夫好，指精通武艺。
⑥⁷五兵：指矛、戟、钺、盾、弓、矢等兵器。
⑥⁸竿蔗：即甘蔗。
⑥⁹急属：急速而相连续。属，接连。
⑦⁰鄛：借作“剿”，袭击。
⑦¹颡（sǎng）：额头。
⑦²“昔阳庆”二句：公乘阳庆，西汉初年齐人，精于医术。公乘阳庆颇为欣赏同郡人淳于意，便命他丢弃原有的医方，亲自传授他秘术。淳于意终于成为名医，号仓公。
⑦³持复：双手执持兵器，进行比武。
⑦⁴镶：古代兵器。
⑦⁵盾：藤牌。
⑦⁶陈国：即陈郡，治所在今河南省淮阳县。
⑦⁷袁敏：善武艺，并喜研究水利。
⑦⁸先日：指未向袁敏学习之前。
⑦⁹直：简直。
⑧⁰决：断裂。
⑧¹弹棋：古代一种游戏。棋牌用石头制成，中间稍微隆起。有黑、白棋子各六枚，两人轮流对弹，以决胜负。
⑧²先工：指精于弹棋的前辈。
⑧³对：对局。
⑧⁴定省：旧时子女早晚向父母请安，早晨称“定”，晚上称“省”。
⑧⁵袁伯业：名遗，袁绍的堂兄。
⑧⁶四部：魏文帝时官修书目《中经》中将当时典籍初步分为甲、乙、丙、丁四部。

【解读】

曹丕（187—226），字子桓，曹操的次子。曹操死后，曹丕代汉称帝，国号魏，谥“文”，为魏文帝。曹丕善诗文，代表作《燕歌行》是现存最早的文人七言诗。其散文内容丰富，题材多样，文笔清新流利，叙事、抒情、议论都显得灵活自如，生动活泼。《典论》是曹丕的一部文学批评著作，原书早已散失，清朝孙冯翼有辑本，尚存《论文》和《自叙》等篇。其中《典论·论文》是我国文学批评史上第一篇专门的论文。

曹操像（明人绘）

《自叙》是曹丕《典论》一书的自序，可以看作其青少年时代的一篇自传。文章从初平初年开始写起：曹丕年仅三岁时，董卓杀死了刘辩，汉王朝几乎要覆灭。天下受困于中平朝的恶政，更加厌恶董卓的凶残暴虐。华山之东的州郡首领组织了义军，兴兵讨伐董卓。当时的豪强贵族、名士地主纷纷响应，不远万里聚集在一起。董卓挟持天子逃到了长安。华山之东的各股势力开始混战，黄巾军也肆无忌惮，南下作乱。老百姓望风而逃，到处都是累累白骨。曹丕的父亲曹操深感乱世中要有本领傍身，于是教曹丕射箭。曹丕六岁时就已经完全掌握射箭，后又学习骑马。曹操看到天下大乱，于是南下征讨荆州。曹军攻打宛城时，张绣降而又反，将曹丕的亲哥哥曹昂和堂兄曹安民杀害，而曹丕凭借着出色的骑术逃出生天，当时年仅十岁。曹丕生于乱世，长于军队，从小就喜好骑射，技艺也非常精湛，身体也因此非常健壮。曹丕从小对游戏就不感兴趣，只觉得下棋稍微有点意思，曾经还写过《弹棋赋》，对当时的名家也很向往。曹操喜欢诗文书籍，即使打仗也手不释卷，因此对曹丕的教育也未曾忽视。曹丕小时就读《诗经》《论语》，稍大之后学习经史子集，广览名家之作。

《自叙》主要记述了在动荡、混乱的三国时期，曹丕跟随

画像砖《蹴鞠、击剑图》

父亲曹操在军中如何学习骑马、射箭、击剑，如何发愤读书等事迹，既刻画了他刻苦学习、虚心求教、文武全才、奋发向上的有为青年形象，也从侧面赞扬了父亲曹操好学不倦、对子女严格要求、教育有方的美德。

文章以回忆的口吻，满含感情，如数家常般娓娓道出自己印象深刻的经历，使人感到生动亲切，并借助人物自身的言语、举止，形象地表现了他们的神态、性格，为后世描写人物、事件为主的序文提供了有益的借鉴。

兰亭集序

王羲之

永和九年，岁在癸丑①，暮春之初，会于会稽山阴之兰亭，修禊事也②。群贤毕至，少长咸集③。此地有崇山峻岭，茂林修竹；又有清流激湍④，映带左右。引以为流觞曲水⑤，列坐其次。虽无丝竹管弦之盛，一觞一咏，亦足以畅叙幽情。

是日也，天朗气清，惠风⑥和畅。仰观宇宙之大，俯察品类之盛，所以游目骋怀，足以极视听之娱，信可乐也⑦。

夫人之相与，俯仰一世⑧。或取诸怀抱，晤言一室之内；或因寄所托，放浪形骸之外⑨。虽取舍万殊，静躁⑩不同，当其欣于所遇，暂得于己，快然自足，曾不知老之将至⑪。及其所之⑫既倦，情随事迁，感慨系⑬之矣。向之所欣⑭，俯仰之间，已为陈迹，犹不能不以之兴怀。况修短⑮随化⑯，终期于尽。古人云："死生亦大矣。"⑰岂不痛哉！

每览昔人兴感之由，若合一契⑱，未尝不临文嗟悼，不能喻之于怀。固知一死生⑲为虚诞，齐彭殇⑳为妄作。后之视今，亦犹今之视昔。悲夫！故列叙时人，录其所述。虽世殊事异，所以兴怀㉑，其致㉒一也。后之览者，亦将有感于斯文㉓。

【注释】

①永和：东晋穆帝司马聃年号。永和九年，即353年。癸丑：即永和九年，天干地支纪年。

②兰亭：浙江省绍兴市西南二十七里，名兰渚，渚有兰亭。修禊：古代的习俗，三月上旬巳日水边嬉戏或祭祀，以祛除不祥。文人常于此日进行诗文集会。

③毕、咸：全、都。

④湍：急流。

⑤流觞曲水：文人修禊时的习俗，坐于环形的水流边，酒杯顺水而下，停在谁面前谁就喝酒赋诗。觞，酒杯。

⑥惠风：和风。

⑦品类：世间万物。游目骋怀：随意赏景，舒展胸怀。极：尽。

⑧相与：相处。俯仰：低头抬头，指时间短暂。

⑨晤言：面对面交谈，这里指坦诚交谈。因：凭借。放浪：放纵不羁。形骸：身体。

⑩静躁：安静和躁动，指于室内晤言者及于室外放浪形骸者。

⑪曾不知老之将至：出自《论语·述而》："子曰……其为人也，发愤忘食，乐以忘忧，不知老知将至云尔。"

⑫所之：所向往、追求的事物。
⑬系：继，随着。
⑭所欣：所喜爱的事物。
⑮修短：寿命长短。
⑯化：造化，此处指天意。
⑰死生亦大矣：出自《庄子·德充符》："仲尼曰：死生亦大矣，而不得与之变。"感慨乐事不常，生命易逝。
⑱若合一契：比如自己与古人产生感慨的原因一致。契，古人用木头和竹子写券契，分成两半，各执其一，相合为证。
⑲一死生：把死和生看作一样。出自《庄子·大宗师》："孰知生死存亡之一体者，吾与之友矣。"
⑳齐彭殇：把长寿和短命等同。出自《庄子·齐物论》："莫寿于殇子，而彭祖为夭。"彭，彭祖，相传为尧时人，寿八百岁。殇，殇子，幼年死去的人。
㉑兴怀：引发心中感慨。
㉒致：通至，指最终结果。
㉓斯文：指兰亭集会时众人所作的诗文。

【解读】

王羲之，字逸少，东晋琅琊临沂（今属山东）人，居于会稽山阴（今浙江绍兴）。历任秘书郎、征西参军、江州刺史等职，官至右军将军、会稽内史，故称"王右军"。晚年托病辞官，寄情山水。王羲之精于书法，被后世尊为"书圣"；且善诗文，著有《王右军集》。

王羲之像（清人绘）

《兰亭集序》，一作《三月三日兰亭诗序》。永和九年三月三日修禊日，王羲之与当时名士孙统、孙绰、谢安、支遁等四十一人于山阴兰亭集会，曲水流觞，饮酒赋诗。王羲之为兰亭会诗集作此序。后世所称的《兰亭帖》即为此序手书法帖，是王

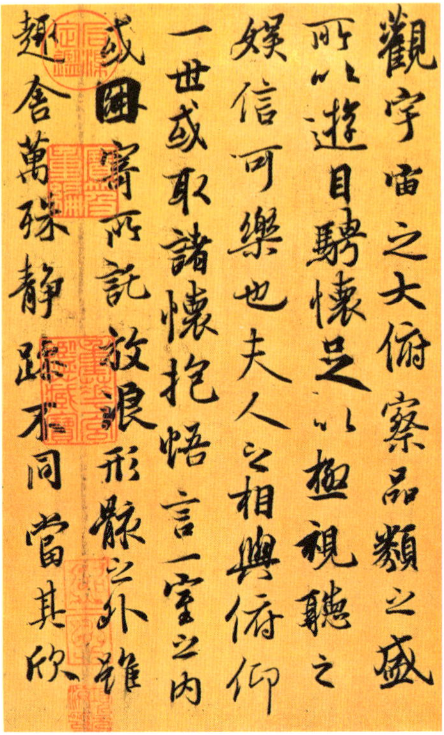

(东晋)王羲之《兰亭序》【局部】

羲之的代表作,因其"飘若浮云,矫若惊龙",为后世历代书法家所推崇。

王羲之的序文不多,但风格清新疏朗,自然洒脱,充满情致。《晋书王羲之传》记载:"会稽有佳山水,名士多居之,谢安未仕时亦居焉。孙绰、力充、许询、支遁等皆以文义冠世,并筑室东土,与羲之同好。尝与同志宴集于会稽山阴之兰亭,羲之自为之序以申其志。"

兰亭集会,众多才子贤人会集,年长年少的都聚集在一起。兰亭有高峻的山峰,茂盛的树林,高高的竹子;也有清澈、湍急

浙江绍兴兰亭

的溪流，环绕在兰亭的四周。引溪水做流觞的曲水，众人列坐在曲水旁边。虽然没有奏乐的盛况，但饮酒一杯，赋诗一首，也足以抒发心中的情感。这一天，清明爽朗，和风习习。仰望，天空广阔无边；俯视，地上的事物如此繁多。借此敞开胸怀，极尽视听的乐趣，实在是非常快乐。会间，有人将自己的志趣抱负畅谈，有人借自己所喜爱的事物寄托自己的情怀……虽然各有爱好，取舍也各自不同，众人或恬静或躁动。

《兰亭集序》中说，人们往往对自己刚接触的事物感到新鲜，对自己所求而得到了的感到满足。但是等到对自己所喜爱

（明）佚名《曲水流觞图》【局部】

或得到的而感到厌倦时，感情也会随着事物的变化而变化。过去感到高兴的事儿转眼成为旧迹，不能不因此引发心中的感触。更何况寿命的长短，是听凭命运的造化，最后归于消失！古人说："死生是一件大事！"这如何不叫人悲伤？

于是，王羲之一个一个记下参加集会的人，抄录他们所作的诗赋。他相信，即使时代改变，世事不同，但是人们兴发感慨的缘由、思想情趣也会是一样的。后世的读者，也将感慨于这次聚会的诗文。

《兰亭集序》前半部分写景叙事，描写聚会场面，"濯濯如春日柳"，温和明丽；后半部分议论抒情，抒发由宴集而产生的感受，悲远怆然，隐含着深深含义。前半部分对人的活动的描写，重点在“乐”。“群贤毕至，人少咸集”是人际和谐之乐；“一觞一咏，亦足以畅叙幽情”是畅所欲言，倾吐衷肠之乐；“仰观宇宙之大，俯察品类之盛”“游目骋怀，足以极视听之娱”是神游万物之乐。文中所有“乐”事皆与时光华年、山水芳容融为一体，使作者发出“信可乐也”的由衷感叹，生动地反映了作者内心的矛盾。他一边为春光明媚、宴会热烈、生活不羁而感到无限愉悦，一边为时光飞逝、人生苦短、转眼间物是人非而感到无限悲苦。此序后半部分不免有忧伤、低沉的情调，但综观全文，仍充满着正视生死、执着人生的旷达。

（宋）马远《王羲之玩鹅》

全文紧扣“情”字，委婉表达了作者由乐到痛至悲的心理变化过程，找到了今人、古人、后人在生死面前抒发感情的契合点。此序文思幽远，充满真挚感情，极具诗的美感。

文心雕龙·序志

刘 勰

夫文心者，言为文之用心也，昔涓子《琴心》，王孙《巧心》①，心哉美矣，故用之焉。古来文章，以雕缛成体，岂取驺奭之群言雕龙也？夫宇宙绵邈，黎献②纷杂，拔萃出类，智术而已。岁月飘忽，性灵不居，腾声飞实，制作而已。夫肖貌天地，禀性五才③，拟耳目于日月，方声气于风雷，其超出万物，亦已灵矣。形同草木之脆，名逾金石之坚，是以君子处世，树德建言，岂好辩哉，不得已也！

予生七龄，乃梦彩云若锦，则攀而采之。齿在逾立，则尝夜梦执丹漆之礼器，随仲尼而南行④。旦而寤，乃怡然而喜，大哉圣人之难见哉，乃小子⑤之垂梦欤！自生民以来，未有如夫子者也。敷赞圣旨，莫若注经，而马、郑诸儒，弘⑥之已精，就有深解，未足立家。唯文章之用，实经典枝条，五礼资之以成文，六典因之致用，君臣所以炳焕，军国所以昭明，详其本源，莫非经典。而去圣久远，文体解散⑦，辞人爱奇，言贵浮诡，饰羽尚画，文绣鞶帨⑧，离本弥甚，将遂讹滥。盖《周书》论辞，贵乎体要；尼父陈训，恶乎异端；辞训之奥，宜体于要。于是搦笔和墨，乃始论文。

详观近代之论文者多矣：至于魏文述《典》，陈思序《书》⑨，应玚《文论》，陆机《文赋》，仲洽《流别》，宏范《翰林》，各照隅隙⑩，鲜观衢路；或臧否当时之才，或铨品前修之文，或泛举雅俗之旨，或撮题篇章之意。魏典密而不周⑪，陈书辩而无当，应论华而疏略，陆赋巧而碎乱，《流别》精而少功⑫，《翰林》浅而寡要。又君山公干之徒，吉甫、士龙之辈，泛议文意，往往间出，并未能振叶以寻根，观澜而索源。不述先哲之诰，无益后生之虑。

盖《文心》之作也，本乎道，师乎圣，体乎经⑬，酌乎纬，变乎《骚》，文之枢纽，亦云极矣。若乃论文叙笔[14]，则囿别区分，原始以表末，释名以章义，选文以定篇，敷理以举统，上篇[15]以上，纲领明矣。至于割情析采，笼圈条贯，摛《神》《性》，图《风》《气》，苞《会》《通》[16]，阅《声》《字》，崇替[17]于《时序》，褒贬于才略，怊怅于《知音》，耿介于《程器》，长怀《序志》，以驭群篇，下篇以下，毛目显矣。位理定名，彰乎大衍之数，其为文用，四十九篇而已。

夫铨序一文为易，弥纶群言为难，虽复轻采毛发，深极骨髓[18]，或有曲意密源，似近而远，辞所不载，亦不胜数矣。及其品评成文，有同乎旧谈者，非雷同也，势自不可异也；有异乎前论者，非苟[19]异也，理自不可同也。同之与异，不屑古今，擘肌分理，唯务折衷。按辔文雅之场，环络藻绘之府[20]，亦几乎备矣。但言欲尽意，圣人所难；识在瓶管，何能矩矱。茫茫往代，既沉予闻，眇眇来世，倘尘彼观也。

赞曰：生也有涯，无涯惟智。逐物实难，凭性良易。傲岸[21]泉石[22]，咀嚼文义[23]。文果载心，余心有寄！

【注释】

①王孙：王孙子，著有《巧心》。

②黎献：这里指众人中的贤人。黎，黎民，百姓。献，贤人。

③“夫人肖貌天地”二句：《汉书·刑法志》：“夫人肖天地之貌，怀五常之性。”肖，像，相似。这里有象征的意思。五才，即“五常”，指仁、义、礼、智、信。

④礼器：祭祀用的竹制的圆器和高脚盘子。仲尼：孔子的字。南行：拿着祭器跟着孔子往南走，指成为孔子的学生，从而帮助老师完成某种典礼。

⑤小子：刘勰的谦称。

⑥弘：发扬光大。

⑦文体解散：指文章的体制遭到了破坏。

⑧鞶（pán）帨：皮带和佩巾。鞶，皮带，古时用作束衣之用。帨，佩巾。

⑨陈思：指曹植，其生前曾为陈王，去世后谥号“思”，因此世称“陈思王”。书：曹植所著的《与杨德祖书》，其中除评论了当时一些作家外，还表达了曹植对文章修改的重视。

⑩隅隙：角落、缝隙，指不全面或次要之处。

⑪密而不周：指《典论·论文》比较细密，但不完备。

⑫精而少功：指《文章流别志论》分类讲文章的源流有见地，但没有讲各种文章的写作要点，不切实际。

⑬体乎经：文学创作以六经为宗。

⑭文：有韵文。笔：无韵文。

⑮上篇：《文心雕龙》全书分上、下部。上部二十五篇，前五篇是总论，后二十篇是文体论。下部二十五篇，包括创作论、文史论、批评论二十四篇和总序一篇。

⑯苞《会》《通》：同“包”，包括。《会》：指《附会》。《通》：指《通变》。

⑰崇替：兴衰更替。

⑱骨髓：指文学创作上的核心、本质问题。

⑲苟：随便。

⑳环络：环，绕；络，马笼头。与上面的“按辔”皆指文坛上的活动。藻绘之府：与上句“文雅之场”同义，都指文坛。

㉑傲岸：不随时俗，性格高傲。

㉒泉石：隐居的山林。

㉓咀嚼：细嚼体味。

（明）唐寅《溪山渔隐图》

【解读】

刘勰（约465—约532），字彦和，原籍莒县（今山东），南渡后几代居京口。刘勰早年笃志好学，家贫不婚娶，依附沙门僧庇佑，精通佛教经论。梁武帝时，刘勰任东宫通事舍人，深为萧统所倚重。晚年时，刘勰出家为僧，法号慧地。南齐末年，刘勰写成了《文心雕龙》一书。

《文心雕龙》是中国第一部系统阐述文学理论的专著，体例周详，论旨精深，全用骈文写成，共五十篇。本篇为最后一篇，是全书的跋，除了对书名作出解释外，还阐述了全书写作的动机、目的，以及全书的体例和主要内容，阐明了理论著作写作的艰苦和基本态度，抒发了作者的感想和情怀。

《文心雕龙·序志》开篇即讲，“文心”即写作的用心。人的外貌如同天地，具有仁、义、礼、智、信等品德，耳目像日

月，声音像风雷，超出世间万物，是非常具有灵性和智慧的。但是人的躯体就像草木一样脆弱，只有声名像金石般坚固不朽。因此，君子生在世上，就应该立德建言。立言并非是喜欢辩论，而是为了不朽之名。

《文心雕龙·序志》首先阐述了做文章的社会意义，认为文章要用心写作，继承了曹丕“文章乃经国之大业，不朽之盛事”的观点，认为人生有限而宇宙无穷，通过文章可将思想流传后世，强调了“君子处世，树德建言”的价值观。作者通过两个梦境揭示其热爱文学创作并信奉儒家，儒家思想也是《文心雕龙》的主导思想。“《周书》论辞，贵乎体要；尼父陈训，恶乎异端；辞训之奥，宜体于要”是贯穿全文的主题，也是刘勰用来纠正当时奢靡文风的武器，是全书的论述的核心内容。

《文心雕龙》是对前人思想理论成就的继承和发扬，通过列举大量文献，指出前人思想的独到与局限。刘勰认为评价一篇文章容易，纵论天下文章则非常难，其精义难于表达；同时，不人云亦云，不标新立异，追求切当，才是论文的准绳。

在《文心雕龙·序志》中，刘勰抒发了自己的远大志向，认为人生有尽，知识无尽，以有限的生命追求外物是困难的，应凭借天性做一些力所能及的事情，寄情于山水间，咀嚼文章要义，让心灵有所寄托。

全文视野开阔，意蕴深邃，情真意切，耐人咀嚼，是一篇骈体序跋精品。

（明）文徵明《泉石高闲图》

哀江南赋序

庾信

粤以戊辰之年，建亥之月①，大盗移国，金陵瓦解②。余乃窜身荒谷，公私涂炭③。华阳奔命，有去无归④。中兴道销，穷于甲戌⑤。三日哭于都亭⑥，三年囚于别馆⑦。天道周星，物极不反⑧。傅燮⑨之但悲身世，无处求生；袁安之每念王室，自然流涕⑩。昔桓君山之志事⑪，杜元凯之平生⑫，并有著书，咸能自序。潘岳⑬之文采，始述家风⑭；陆机之辞赋，先陈世德⑮。信年始二毛，即逢丧乱⑯，藐是流离，至于暮齿⑰。燕歌远别，悲不自胜⑱；楚老相逢，泣将何及⑲！畏南山之雨，忽践秦庭⑳；让东海之滨，遂餐周粟㉑。下亭漂泊，高桥羁旅㉒。楚歌非取乐之方㉓，鲁酒无忘忧之用㉔。追为此赋，聊以记言㉕，不无危苦之辞，唯以悲哀为主。

日暮途远[26]，人间何世[27]！将军一去，大树飘零[28]；壮士不还，寒风萧瑟[29]。荆璧睨柱，受连城而见欺[30]；载书横阶，捧珠盘而不定[31]。钟仪君子，入就南冠之囚[32]；季孙行人，留守西河之馆[33]。申包胥之顿地，碎之以首[34]；蔡威公之泪尽，加之以血[35]。钓台移柳，非玉关之可望[36]；华亭鹤唳，岂河桥之可闻[37]！

孙策以天下为三分，众才一旅[38]；项籍用江东之子弟，人唯八千[39]。遂乃分裂山河，宰割天下。岂有百万义师[40]，一朝卷甲，芟夷斩伐，如草木焉[41]？江淮无涯岸之阻，亭壁[42]无藩篱之固[43]。头会箕敛者，合从缔交[44]；锄耰棘矜者，因利乘便[45]。将非江表王气，终于三百年乎[46]？是知并吞六合，不免轵道之灾[47]；混一车书，无救平阳之祸[48]。呜呼！山岳崩颓，既履危亡之运[49]；春秋迭代，必有去故之悲[50]。天意人事，可以凄怆伤心者矣！况复舟楫路穷，星汉非乘槎[51]可上；风飙道阻，蓬莱[52]无可到之期。穷者欲达其言，劳者须歌其事。陆士衡[53]闻而抚掌[54]，是所甘心；张平子[55]见而陋之[56]，固其宜矣。

【注释】

①粤：发语词，用于一篇或一段文章的开头。戊辰：梁武帝太清二年（548）岁在戊辰。建亥之月：阴历十月。

②大盗：窃国篡位者，这里指侯景。金陵：即建邺，今江苏省南京市，梁国都。《南史·梁武帝纪》："太清二年八月戊戌，侯景举兵反。十月……至建邺。"

③窜：逃匿。荒谷：江陵（今湖北省江陵县）。《北史·庾信传》："侯景作乱，梁简文帝命信率宫中文武千余人营于朱雀航。及景至，信以众先退。台城陷后，信奔于江陵。"公私：公室和私家。涂炭：陷于泥淖炭火之中。

④华阳：华山之南，这里指江陵。梁元帝承圣三年（554），庾信奉命由江陵出使西魏，十一月，江陵被西魏攻陷，庾信便留在长安，从此没有回到南方。

⑤中兴：指梁元帝于承圣元年（552）平侯景之乱，即位江陵。道销：中兴销亡。

⑥都亭：都城亭阁。

⑦"三年"句：《左传·昭公二十三年》："晋人来讨，叔孙婼如晋，晋人执之……乃馆诸于箕。"

⑧物极不反：指梁朝就此一蹶不振、再难中兴。

⑨傅燮：东汉末年人，字南容。

⑩袁安：后汉人，字邵公。《后汉书·袁安传》："安为司徒，以天子幼弱，外戚擅权，每朝会进见及与公卿言国家事，未尝不噫呜流涕。"

⑪桓君山：桓谭，后汉人，字君山，著有《新论》二十九篇。

⑫杜元凯：杜预，晋代人，字元凯，著有《春秋经传集解》。

⑬潘岳：晋代诗人，字安仁。

⑭始述家风：潘岳著有《家风诗》，自述了家族风尚。

⑮陆机：晋代诗人，字士衡，著有《祖德赋》《述先赋》，又《文赋》："咏世德之骏烈。"

⑯二毛：指头发有黑、白两色。

⑰藐是：狼狈。

⑱《燕歌》：指乐府《燕歌行》。

⑲楚老：代指故国父老。

⑳南山之雨：语出《列女传·贤明传》："妾闻南山有玄豹，雾雨七日而不下食者，何也？欲以泽其毛而成文章，故藏而远害。"践秦庭：《左传·定公四年》："申包胥如秦乞师……立依于庭墙而

哭，日夜不绝声……七日……秦师乃出。”此典喻自己出使求和救急。意思是作者本想跟南山玄豹畏雨一样藏而远害，却忽然被任命出使西魏，如同申包胥到了秦庭。

㉑“让东海”二句：据《史记·伯夷列传》载，孤竹君之子伯夷、叔齐因相互推让君位，先后逃至海滨。武王灭纣，二人以为不义，遂不食周粟，饿死于首阳山。作者在这里感叹自己不得不失节仕周，终于食了周粟。

㉒下亭：《后汉书·范式传》载，孔嵩应召入京，道宿下亭，马匹被盗。高桥：一作“皋桥”。《后汉书·梁鸿传》载，梁鸿“至吴，依大家皋伯通，居庑下”。二句皆言其旅途劳顿。

㉓楚歌：楚地民歌。

㉔鲁酒：鲁地之酒。

㉕记言：《汉书·艺文志》：“古之王者，世有史官，左史记言，右史记事。”由此可知，庾信作此赋，不仅用来慨叹身世，亦兼记史。

㉖日暮途远：谓年岁已老而离乡路远。

㉗人间何世：《庄子》有《人间世》篇，王先谦《集解》：“人间世，谓当世也。”即感慨年老世变。

㉘“将军”二句：《后汉书·冯异传》：“每所止舍，诸将并坐论功，异常独屏树下，军中号曰‘大树将军’。”这里作者以冯异自喻，言梁朝已然沦亡。

㉙壮士：指荆轲。

㉚荆璧：即和氏璧。此指自己使魏被欺。

㉛载书：盟书。珠盘：诸侯盟誓所用的器皿。此指自己出使西魏，不但未能盟约，梁朝反遭攻打。

㉜“钟仪”二句：指春秋鲁成公七年（前584），楚子重攻郑，屯兵于今河南襄城，诸侯国救郑，郑人攻楚军，擒郧（今属湖北）公钟仪，献于晋国。钟仪囚于晋，直到前582年，才被释放还楚。这里借钟仪来比喻自己当时的境遇。

㉝季孙：春秋时鲁国大夫。《左传·昭公十三年》载诸侯盟于平丘，邾、莒告鲁朝夕伐之，因无力向晋进贡。晋遂执季孙。后欲释之，季孙不肯归。叔鱼遂威胁说：“……鲋也闻诸吏将为子除馆于西河，其若之何？”季孙惧，乃归鲁。这里作者自比季孙而稍变其意，言已被留难归。

㉞顿地：叩头至地。源自《左传·定公四年》：吴伐楚，申包胥至秦求兵，“立依于庭墙而哭，日夜不绝声，勺饮不入口。七日，秦哀

公为之赋《无衣》，九顿首而坐。秦师乃出”。

㉟“蔡威公”二句：刘向《说苑》载，蔡威公闭门而泣，三日三夜，泣尽而继之以血，曰：“吾国且亡。”这里用来比喻梁亡而自己悲痛万分又无可奈何。

㊱钓台：这里代指南方故土。移柳：据《晋书·陶侃传》载，陶侃镇武昌时，曾令诸营种植柳树。玉关：玉门关，在今甘肃省敦煌县西，这里指北地。

㊲华亭：在今上海市松江县，晋陆机兄弟曾共游于此十余年。河桥：在今河南省孟县，陆机在此兵败被诛。

㊳一旅：五百人。《三国志·吴书·陆逊传》：“逊上疏曰，昔桓王（孙策谥号长沙桓王）创基，兵不一旅，而开大业。”

㊴项籍：即项羽。

㊵百万义师：平定侯景之乱的梁朝大军。

㊶卷甲：卷敛衣甲而逃。芟夷：铲除，削平。

㊷亭壁：军中壁垒。

㊸藩篱：用竹木编的屏障。

㊹“头会箕敛”句：借战国时期六国联合抗秦的典故，指代起事者们彼此串联，相互勾结。

㊺锄耰（yōu）：简陋的农具。棘矜：低劣的兵器。这里借指陈霸先乘梁朝衰乱，取而代之。

㊻江表：长江以南。三百年：指从孙权称帝江南，历东晋、宋、齐、梁四代，前后约三百年的时间。

㊼六合：指天地四方，文中指整个天下。轵道之灾：《史记·高祖本纪》载，高祖入关，秦王子婴素车白马在轵道旁边投降刘邦。

㊽混一车书：指统一天下。平阳之祸：据《晋书·孝怀帝本纪》，永嘉五年（311），刘聪攻陷洛阳，迁怀帝于平阳。七年（313），怀帝被害。建兴四年（316），刘曜陷长安，迁愍帝于平阳。五年（317），愍帝遇害。

㊾“山岳”二句：语出《国语·周语》：“山崩川竭，亡之征也。”

㊿春秋迭代：指代梁、陈更替。

51槎：竹筏木排。张华《博物志》：“旧说云，天河与海通。近世有人居海渚者，年年八月有浮槎去来不失期。”

52蓬莱：传说中的海中仙山。

53陆士衡：陆机。

54抚掌：拍手。《晋书·左思传》：左思作《三都赋》，“初陆机入洛，欲为此赋。闻思作之，抚掌而笑，与弟云书曰：‘此间有伧父作《三都赋》。须其成，当以复酒瓮耳。’及思赋出，机绝叹伏，以为不能加也，遂辍笔焉。”此指自己写此赋，即使受人嘲笑，也心甘情愿。

㊺张平子：张衡，东汉著名天文学家、文学家。

㊻陋：轻视。《艺文类聚》：“昔班固观世祖迁都于洛邑，惧将必逾溢制度，不能遵先圣之正法也。故假西都宾，盛称长安旧制，有陋洛邑之议，而为东都主人折礼衷以答之。张平子薄而陋之，故更造焉。”此指自己写此赋即使被人轻视，也是理所当然的。

【解读】

庾信（513—581），北周文学家，字子山，南阳新野（今属河南）人。庾信初仕南朝梁，出使西魏，值梁亡，拘留北方，历仕西魏、北周两朝，官至骠骑大将军，开府仪同三司，世称“庾开府”。庾信早期诗风绮丽轻靡，辞赋以暮年所作《哀江南赋》《枯树赋》最为出色，风格沉郁苍凉，与早期宛然不同。

《哀江南赋》是庾信晚年的代表作，借用《楚辞·招魂》中“魂兮归来哀江南”为题，以作者生平遭遇为线索，抒发了深沉的故国之思，亡国之痛，身世之悲。杜甫《咏怀古迹五首》其一中所赞“庾信生平最萧瑟，暮年诗赋动江关”指的就是此文。

《哀江南赋序》是全文的总纲、序曲，概括了全赋的大意，阐明了创作动机，但又不与赋文重复。

庾信首先叙述了从侯景之乱、金陵沦陷到西魏兵起、自己出使无归的历史过程。梁武帝太清二年（548）十月，侯景篡国，金陵沦陷，庾信逃往江陵，国家百姓都陷入泥淖炭火之中，遭受了巨大的劫难。庾信奉命出使长安，从此一去不返。梁元帝中道复国，又在甲戌年彻底失败。刘宪为蜀国灭亡痛哭三天，叔孙婼被晋拘留，囚在别馆。庾信如同他们一样，羁留异国，悲痛万分。庾信刚到中年就遭遇丧乱，远离故乡，流亡异域，直到现在步入晚年。即使吟赋《燕歌》，也抑制不住心中的悲哀，不能效

江南风光旖旎如画

仿龚胜绝食而死，悲痛哭泣又有什么用呢！本来想效仿南山玄豹，深藏以避祸，谁知道他又奉诏出使西魏，反而被扣押，适逢北周取代西魏，不能不屈身仕周。庾信客居北方，寄人篱下，虽有楚歌、薄酒，又怎么能排解满腹惆怅？

庾信慨叹，孙策三分天下，所凭借的兵力不过五百；项羽起兵反秦，所率领的江东子弟也只有八千。但他们能割据一方，称霸争雄。梁拥有百万大军，却不堪一击，迅速溃败，致使侯景叛军像斩草伐木一样残杀梁的兵民。这样的事过去怎么能有呢？长江、淮河不能起到天堑的作用，千万个军营壁垒还不如竹篱牢固。因此，陈霸先和一些农民武装联合，抓住有利时机，取代了梁的政权。莫非是金陵的天子气数注定只有三百年就结束了？由此可见，在统一天下，建立王朝之后，如果不能励精图治，就

（北宋）朱锐《溪山行旅图》【局部】

会灭国身亡，无法挽救。山崩地裂，就像梁覆灭的命运；改朝换代，就像四时更替，必然会引起人们对往昔的哀思。这既有天意也有人为，想来令人悲戚。况且前途渺茫，这不像乘槎去天河的人有一定的归期，旋风阻道，蓬莱难达，如同仙凡之隔，永无南归的那一天。

庾信走投无路，历尽艰险，决心写出《哀江南赋》，以记叙梁的兴亡历史和自己坎坷的身世，表达心中的千言万语。虽然会像左思的《三都赋》那样，受到陆机的嘲笑，像班固的《二京赋》那样，受到张衡的轻视，但作者还是心甘情愿，毫不后悔。

庾信亲历丧乱，暮年漂泊异乡，委身事周，过着面荣心耻的屈辱生活，所作诗赋一扫前期轻艳绮丽的情调，变为苍凉悲壮。作者坎坷颠沛的经历融入苍凉萧瑟的人生感慨，形成了“不无危苦之辞，惟以悲哀为主”的基调，点明了“穷者预达其言，劳者须歌其事”的创作动机。

（明）万邦治《秋林觅句图》

《哀江南赋序》全篇用骈文写成，充分发挥了骈文工于对仗、巧于用典的长处。庾信博古通今，功底深厚，精熟音韵格律，深通骈文技法，一唱三叹，情意绵长，字字血泪，感人至深。全序用了四十多个典故，或概括形势，或述志陈情，或烘托气氛，或对比古今，大都能做到准确、自然、典雅，使人在整齐的对称美中，感受到自由活泼的散文美。

滕王阁序

王　勃

豫章故郡，洪都新府①。星分翼轸②，地接衡庐③。襟三江④而带五湖⑤，控蛮荆而引瓯越⑥。物华天宝，龙光射牛斗之墟⑦；人杰地灵，徐孺下陈蕃之榻⑧。雄州雾列，俊采⑨星驰，台隍枕夷夏之交，宾主尽东南之美。都督阎公之雅望，棨戟遥临⑩；宇文新州之懿范⑪，襜帷暂驻。十旬休假⑫，胜友如云；千里逢迎，高朋满座。腾蛟起凤⑬，孟学士之词宗；紫电青霜⑭，王将军之武库。家君作宰，路出名区；童子何知，躬逢胜饯。

时维九月，序属三秋⑮。潦水⑯尽而寒潭清，烟光凝而暮山紫。俨骖騑于上路，访风景于崇阿⑰。

临帝子[18]之长洲，得仙人之旧馆。层峦耸翠，上出重霄；飞阁流丹，下临无地。鹤汀凫渚[19]，穷岛屿之萦回；桂殿兰宫，列冈峦之体势。披绣闼，俯雕甍[20]，山原旷其盈视，川泽纡其骇瞩。闾阎[21]扑地，钟鸣鼎食[22]之家；舸舰迷津，青雀黄龙之舳。虹销雨霁，彩彻云衢[23]。落霞与孤鹜齐飞，秋水共长天一色。渔舟唱晚，响穷彭蠡之滨[24]；雁阵惊寒，声断衡阳之浦。

遥襟甫畅[25]，逸兴遄飞[26]。爽籁[27]发而清风生，纤歌凝而白云遏[28]。睢园绿竹[29]，气凌彭泽之樽[30]；邺水朱华[31]，光照临川之笔[32]。四美具，二难并[33]。穷睇眄于中天，极娱游于暇日[34]。

天高地迥[35]，觉宇宙之无穷；兴尽悲来，识盈虚之有数[36]。望长安于日下，指吴会[37]于云间[38]。地势极而南溟深，天柱高而北辰远[39]。关山难越，谁悲失路之人？萍水相逢，尽是他乡之客。怀帝阍[40]而不见，奉宣室[41]以何年？

嗟乎！时运不济，命运多舛。冯唐易老[42]，李广难封[43]。屈贾谊于长沙，非无圣主[44]；窜梁鸿于海曲，岂乏明时[45]？所赖君子安贫，达人知命[46]。老当益壮，宁移白首之心？穷且益坚，不坠青云之志。酌贪泉而觉爽[47]，处涸辙以犹欢[48]。北海虽赊，扶摇可接[49]；东隅已逝，桑榆非晚[50]。孟尝高洁，空怀报国之心[51]；阮籍猖狂，岂效穷途之哭！[52]

勃，三尺微命，一介书生[53]。无路请缨，等终军之弱冠[54]；有怀投笔，慕宗悫之长风[55]。舍簪笏于百龄[56]，奉晨昏[57]于万里。非谢家之宝树[58]，接孟氏之芳邻[59]。他日趋庭，叨陪鲤对[60]；今晨捧袂[61]，喜托龙门。杨意不逢，抚凌云而自惜[62]；钟期既遇，奏流水以何惭？[63]

呜呼！胜地不常，盛筵难再。兰亭已矣，梓泽丘墟[64]。临别赠言，幸承恩于伟饯[65]；登高作赋，是所望于群公。敢竭鄙诚，恭疏短引[66]。一言均赋，四韵俱成。请洒潘江，各倾陆海云尔[67]。

【注释】

①豫章、洪都：皆在今江西省南昌市。

②星分翼轸：古代常以天上星宿与地上区域对应。《晋书·天文志》载，豫章属吴地，吴越扬州当牛斗二星的分野，与翼轸二星相邻。

③衡庐：今湖南省衡阳市。

④襟三江：泛指长江中下游的江河。
⑤带五湖：南方大湖的总称。
⑥蛮荆：今湖北省、湖南省一带。瓯越：今浙江地区。
⑦“物华天宝”句：地上的宝物焕发为天上的宝气。《晋书·张华传》载，晋初，牛、斗二星之间常有紫气照射，据说是宝剑之精，上彻于天。张华命人为丰城令寻剑，果然在牢狱的地下找到了龙泉、太阿二剑。后来，这对宝剑入水化为双龙。
⑧“徐孺”句：《后汉书·徐孺传》载，东汉隐士陈蕃任豫章太守时，不接宾客，只有徐孺来访时才设一睡榻，待徐孺去后再悬置起来。
⑨俊采：指人才。
⑩都督：掌管督察诸州军事的官员。棨（qǐ）戟：古代大官出行时用的木戟，这里代指仪仗。
⑪宇文新州：复姓宇文的新州刺史。
⑫十旬休假：唐制，十日为一旬，遇旬日则休，称为“旬休”。
⑬腾蛟起凤：宛如蛟龙腾跃、凤凰起舞，形容有文采。《西京杂记》：“董仲舒梦蛟龙入怀，乃作《春秋繁露》。”又：“扬雄著《太玄经》，梦吐凤凰集《玄》之上，顷而灭。”
⑭紫电青霜：指紫电剑、青霜剑两把宝剑。
⑮三秋：古代称七月、八月、九月为孟秋、仲秋、季秋。
⑯潦水：雨后的积水。
⑰骖騑（fēi）：驾车之马。崇阿：高山。
⑱帝子、天人：皆指滕王李元婴。
⑲鹤汀、凫渚：皆指水中小块陆地。
⑳绣闼：装饰华丽的门。雕甍：雕镂文采的屋脊。
㉑闾阎：指房屋。
㉒钟鸣鼎食：古代贵族鸣钟列鼎而食，这里比喻大门大户。
㉓彩：日光。
㉔彭蠡：古代的大泽，今鄱阳湖。
㉕甫：刚刚。
㉖遄：迅速。
㉗爽籁：脆丽的排箫音乐。
㉘白云遏：形容音响优美，能使行云停住。《列子·汤问》：“薛谭学讴于秦青，未穷青之技，自谓尽之，遂辞归。秦青弗止，饯于郊衢。抚节悲歌，声振林木，响遏行云。”
㉙睢园：汉梁孝王的菟园。

（清）禹之鼎《幽篁坐啸图》

㉚彭泽：今江西省湖口县东。陶渊明曾在此地任县令。

㉛邺水：今河北省临漳县，是曹魏政权兴起的地方。朱华：荷花。

㉜“光照”句：临川，今江西省抚州市，这里代指南朝宋谢灵运（谢灵运曾任临川内史）。

㉝四美：指良辰、美景、赏心、乐事；另一说为音乐、饮食、文章、言语之美。二难：指贤主、嘉宾难得。

㉞穷睇眄：极目远眺。

㉟迥：迥远。

㊱盈虚：万物消长。三国魏刘劭《人物志·材理》：“若夫天地气化，盈虚损益，道之理也。”

㊲吴会：今江苏省苏州市。

㊳云间：江苏省松江县（古华亭）的古称。

㊴南溟：南方的大海。北辰：北极星，比喻国君。

㊵帝阍：天帝的守门人。

㊶奉宣室：代指入朝做官。宣室，汉未央宫正殿，是皇帝召见大臣的议事之所。

㊷冯唐易老：《史记·张释之冯唐列传》："（冯）唐以孝著，为中郎署长，事文帝。……拜唐为车骑都尉，主中尉及郡国车士。七年，景帝立，以唐为楚相，免。武帝立，求贤良，举冯唐。唐时年九十余，不能复为官。"

㊸李广难封：李广，汉武帝时名将，多次与匈奴作战，屡建奇功，却一直未被封侯。

㊹圣主：指汉文帝。

㊺梁鸿；东汉人，因得罪章帝，避居齐鲁、吴中。明时：指汉章帝时代，后泛指圣明的时代。

㊻所赖君子安贫，达人知命："君子安贫"，别本作"君子见机"。君子见机：《易·系辞下》："君子见几（机）而作。"达人知命：《易·系辞上》："乐天知命故不忧。"意为君子善于觉察时机，通达事理者知晓命运之数。

㊼贪泉：今广州附近的石门。相传饮此水会贪得无厌，但廉官吴隐之喝下此水后操守更加坚定。

㊽处涸辙：干涸的车辙，比喻困境。

㊾赊：遥远。

㊿东隅：日出处，指早晨。桑榆：日落处，指傍晚。

51孟尝：东汉会稽上虞人，字伯周，曾任合浦太守，以廉洁奉公著称，后因病隐居。汉桓帝时，孟尝多次受人荐举，却终不得录用。

52阮籍：晋代名士，字嗣宗，因不满世事而佯装狂放，时常驾车出游，路不通时就痛哭而返。

53三尺微命：自谦之语，喻身份低微。《礼记·玉藻》："绅长制士三尺，有司二尺有五寸。"

54终军：《汉书·终军传》载，汉武帝时，终军出使南越，自请"愿受长缨，必羁南越王而致之阙下"，时年仅二十多岁。

55宗悫（què）：南朝宋南阳人，年少时向叔父自述志向，云"愿乘长风破万里浪"。

56簪笏：官吏的冠簪、手版，这里代指官职地位。

57奉晨昏：侍奉父母。《礼记·曲礼上》："凡为人子之礼……昏定而晨省。"

58谢家之宝树：指谢玄，比喻优秀的子弟。

59接孟氏之芳邻：孟轲的母亲为教育儿子而三迁择邻，最后定居于学宫附近。

60鲤：孔鲤，孔子之子，曾退而学诗。叨陪：陪侍、追随。

61捧袂：举起双袖，表示恭敬的姿势。

⑥②“杨意”二句：杨意，杨得意的省称。凌云，指司马相如作《大人赋》。据《史记·司马相如列传》，司马相如经杨得意引荐，方能入朝见汉武帝。

⑥③“钟期”二句：钟期，钟子期的省称。这里指钟子期遇知音的典故。

⑥④梓泽：即晋人代石崇的金谷园，故址在今河南省洛阳市西北。

⑥⑤伟饯：极具规模的饯别宴会。

⑥⑥敢竭鄙诚，恭疏短引：自谦之语，在此指本文。

⑥⑦请洒潘江，各倾陆海云尔：借典钟嵘《诗品》：“陆才如海，潘才如江。”旨在请大家各展卓越才华。

【解读】

王勃（650—676），字子安，绛州龙门（今山西河津）人，唐代文学家。王勃幼年聪慧，麟德初年应举及第，曾任朝散郎、沛王府修撰、虢州参军等职，因罪除名；后赴交趾探父，渡海溺水，惊悸而卒。王勃与杨炯、卢照邻、骆宾王以诗文齐名，并称“初唐四杰”。除诗作外，王勃主要写作骈文，其中部分作品流露出才高自负的孤傲和位卑失意的抑郁与不平，在形式上呈现出平仄和谐、属对精切，多用四六对句的新特色。

《滕王阁序》，全称《秋日登洪府滕王阁饯别序》，亦名《滕王阁诗序》，是一篇用骈体写成的诗序。全文熟练使用铺叙的手段，以滕王阁为中心，以人杰地灵为线索，由地及人，由人及事，由事及景，由景及情，层层扣题，步步推进。在写景中，采取了仰望、俯视、远瞰、近观等多种角度，通过色彩的变化、动静的配合、虚实的映衬等手法，组成了一幅富有层次感、纵深感、色彩鲜明而又上下浑成的秋日滕王阁全景图，给人以美的感受。在抒情中，王勃大量使用典故，或正用，或反用，或明用，或暗用，或连用，或双关用，随意驱遣，灵活

江西南昌滕王阁

滕王阁与湖北武汉黄鹤楼、湖南岳阳楼并称为“江南三大名楼”。始建于唐永徽四年（653），因王勃的《滕王阁序》而流芳后世。现今的滕王阁主阁是1985年按照梁思成绘制的《重建滕王阁计划草图》重建的。共九层，濒邻赣江，面对西山，视野开阔，距唐代阁址仅百余米，主体建筑为宋式仿木结构，突出背城临江、瑰玮奇特的气势。

自如，较为确切地表现了作者个人身世、处境以及登楼赴宴时的激动、喜悦、失意、痛苦、奋进、追求等复杂的思想情感，内涵丰富，个性鲜明。

唐代诗人李贺《致酒行》中写道“少年心事当拿云，谁念幽寒坐呜呃”，意思是少年正该怀有壮志凌云，怎能一蹶不振？老唉声叹气，那谁也不会来怜惜你。既流露出少年的凌云壮志，又有怀才不遇的感慨——这便可以来形容王勃写《滕王阁序》的心境。

认为自己怀才不遇，前提是必须有“才”。而王勃便是一位非常有才的诗人。《旧唐书》记载：王勃“六岁能属文，构思无滞，词情英迈”。王勃六岁就可以写文章，思路流畅，流露的思想感情英勇豪迈。王勃既然有这样的才能，志向也自然高远。唐高宗麟德元年（664），王勃曾经上书右丞相刘祥道，推荐自己，说道“所以慷慨于君侯者，有气存乎心耳”。“气”就是凌云之志。成为经天纬地的人物，成就惊天动地的事业，是王勃少年时期追求的目标。

然而王勃的一生，常遭他人嫉妒，仕途充满了坎坷和危机。唐高宗麟德三年（666），他经刘祥道推荐，参加了制科考试，虽然所作的对策非常完美，但朝廷只授予他“朝散郎”的闲职。沛王李贤听闻王勃之名，召他做沛府修撰，实际上想利用王勃的文才为自己歌功颂德。而后，王勃写了一篇《檄周王鸡》，讽刺当时宫廷斗鸡，得罪了唐高宗，被赶出了沛王府。一番挫折后，王勃一度对做官失去信心，于是去四川游历，纵情诗酒，文名大振。唐高宗咸亨二年（671）底至次年初，王勃从四川返回长安参加科选。其友凌季夫为他谋得了虢州参军之职。在任内，王勃因藏匿官奴罪犯曹达，而后又怕走漏风声将其杀死，犯下死罪。后他虽被赦免，但连累父亲被贬为交趾县令，流放到南方蛮荒之地。

《滕王阁序》便是王勃去交趾看望父亲时，路过南昌府所作。在南昌期间，都督阎公在滕王阁上举行盛会，想让自己的女婿以预先写好的一篇《滕王阁序》扬名。众人了解其意图，

（唐）李思训《江帆楼阁轴》

不肯贸然下笔，只有王勃没有推辞。王勃写《滕王阁序》，也是想借此机会展示自己的文才和不凡的志向，抒发自己怀才不遇的幽怨。

荔枝图序

白居易

荔枝生巴峡①间。树形团团如帷盖②。叶如桂，冬青。华如橘，春荣③。实如丹，夏熟。朵④如葡萄，核如枇杷，壳如红缯⑤，膜如紫绡⑥，瓤⑦肉莹白如冰雪，浆液甘酸如醴⑧酪⑨，大略如彼，其实过之。若离本枝，一日而色变，二日而香变，三日而味变，四五日外，色香味尽去矣。

元和十五年⑩夏，南宾守⑪乐天命工吏⑫图而书之，盖为不识者与识而不及一二三日者云。

【注释】

①巴峡：唐朝的巴州、峡州，今四川省东部和湖北省西部一带。

②帷盖：指周围带有围帐的伞盖。

③荣：开花。

④朵：颗粒。这里指果实聚成的簇。

（宋）佚名《腊嘴荔枝图》

⑤缯：丝织品的总称，相当于现在的绸。
⑥绡：生丝织品。
⑦瓤：果肉。
⑧醴：甜酒。
⑨酪：奶酪。
⑩元和十五年：820年，元和是唐宪宗李纯的年号。
⑪南宾守：南宾郡（今四川忠县）太守。这里沿用旧称，实指州刺史。
⑫工吏：在官府当差的工匠，这里指画工。

【解读】

白居易（772—846），唐代著名诗人，字乐天，祖籍太原，迁居下邽（今陕西渭南县）。白居易是贞元年间的进士，授秘书省校书郎，曾任翰林学士，因上书言事，触怒权贵，贬为江州司

戏曲版画《杨贵妃晓日荔枝香》

广州萝岗荔枝（图片提供：FOTOE）

马；后调任杭州、忠州、苏州等地刺史，回京后任太子少傅，以刑部尚书致仕；晚年隐居洛阳香山，自号香山居士、醉吟先生。白居易是中唐新乐府运动的倡导者，其散文以制策见称，但书、序、记、杂文等亦有特色，风格与诗相似，都以平易通俗为主。或论事说理，或抒情状物，均能做到深入浅出，精当恳切。

《荔枝图序》是一则题在荔枝图画上介绍荔枝特点的小品。元和十五年（820）夏，时任南宾郡太守的白居易，为了告诉没有见过荔枝的人或不知道荔枝三天内的变化的人，请画工画了一幅荔枝图，并为其作序。

荔枝原产于广东、福建等地，唐代时在四川东部、湖北西部一带也有生长。由于荔枝味道鲜美，尤其得到杨贵妃的喜爱，杜牧作诗云：“一骑红尘妃子笑，无人知是荔枝来。”荔枝也深受文人墨客的喜欢，历代歌咏、描绘荔枝的佳作众多。

此文运用比喻，对荔枝的树形、叶子、花朵、壳核、果肉、浆液等方面作了详尽的描绘，让人不仅对荔枝的特点有所了解，还产生了馋涎欲滴的联想：团团如盖的青翠树冠，一到春天就开出粉白色的小花，芳香四溢。夏天，果实成熟，鲜红如丹，又如一串串葡萄挂满枝头，那壳儿仿佛是红绡织成，剥开壳儿便会露出晶莹洁白的果肉。轻轻咬上一口，那甘甜爽口的液汁，仿佛醴酪美味，沁人心脾。难怪后世苏轼曰：“日啖荔枝三百颗，不辞长作岭南人。”

白居易还在文中对荔枝容易变质的特点作了具体说明，让人们意识到美好的东西往往娇弱，需要细心呵护。虽然是为了让“不识者与识而不及一二三日者”了解荔枝的特性，但是字里行间流露出诗人对美好事物的无限珍爱和怜惜。此文语言通俗明朗，自然流畅，清新隽永，富有活泼灵动的韵味。

太常寺奉礼郎李贺歌诗集序

杜　牧

太和五年①十月中，半夜时，舍外有疾呼传缄书者②，牧曰："必有异，亟取火来！"及发之，果集贤学士沈公子明③书一通，曰："吾亡友李贺，元和中，义爱甚厚④，日夕相与起居饮食。贺且死，尝授我平生所著歌诗，离为四编⑤，凡二百三十三首。数年来东西南北，良为已失去。今夕醉解，不复得寐，即阅理箧帙⑥，忽得贺诗前所授我者。思理往事，凡与贺话言嬉游，一处所、一物候、一日一夕，一觞一饭，显显然无有忘弃者，不觉出涕。贺复无家室子弟，得以给养恤问。尝恨想其人，咏味其言止矣！子厚于我，与我为贺集序，尽道其所来由，亦少解⑦我意。"牧其夕不果⑧以书道不可，明日就公谢，且曰："世谓贺才绝出前。"让[9]居数日，牧深惟[10]公，曰："公于诗为深妙奇博，且复尽知贺之得失短长。今实叙贺不让，必不能当公意[11]，如何？"复就谢，极道所不敢叙贺。公曰："子固若是，是当慢[12]我。"牧因不敢复辞，勉为贺叙，然终甚惭。

贺，唐皇诸孙，字长吉。元和中韩吏部[13]亦颇道[14]其歌诗。云烟绵联，不足为其态也；水之迢迢，不足为其情也；春之盎盎[15]，不足为其和[16]也；秋之明洁，不足为其格也；风樯阵马[17]，不足为其勇也；瓦棺篆鼎[18]，不足为其古也；时花美女，不足为其色也；荒国陊殿[19]，梗莽丘垄[20]，不足为其怨恨悲愁也；鲸呿鳌掷[21]，牛鬼蛇神，不足为其虚荒诞幻也。盖骚之苗裔，理虽不及，辞或过之[22]。骚有感怨刺怼[23]，言及君臣理乱，时有以激发人意，乃贺所为，得无有是？贺能探寻前事，所以深叹恨古今未尝经道者，如《金铜仙人辞汉歌》《补梁庾肩吾宫体谣》，求取情状，离绝远去笔墨畦径[24]，间[25]亦殊不能知之。贺生二十七年死矣！世皆曰：使贺且未死，少加以理，奴仆命《骚》[26]可也。贺死后凡十有五年，京兆杜牧为其叙。

【注释】

①太和五年：831年，太和（也作“大和”）是唐文宗年号。

②传缄书者：传递封口书信的人。

③沈公子明：即沈亚之，是杜牧、李贺的好友。

④义爱甚厚：情谊深厚。

⑤离为四编：编为四卷。

⑥阅理箧帙：阅读、整理书箱中的书籍。

⑦少解：稍微宽解。

⑧不果：没有做到。

⑨让：推辞。

⑩深惟：深思。

⑪当公意：符合你（沈亚之）的心意。

⑫慢：轻视。

⑬韩吏部：即韩愈。

⑭颇道：颇为称道。

⑮盎盎：春色浓盛。

⑯和：活力、生气。

⑰阵马：阵地上的马。

⑱瓦棺：远古时代烧制的土棺材。篆鼎：铸有篆书铭文的古鼎。

⑲荒国：亡国的都城。陊殿：倾颓败坏的宫殿。

⑳梗莽丘垄：长满荒芜荆棘的坟墓。

㉑鲸呿鳌掷：鲸鱼张口吸食，巨鳌尾巴拨动水面。

㉒苗裔：后代，比喻李贺继承了《离骚》的风格。理：理想内容。辞：辞采。

㉓感怨刺怼：感激、悲怨、讽刺、愤恨。

㉔畦径：田间小路。比喻诗歌创作中的思路、手法。

㉕间：间或，有时。

㉖奴仆命《骚》：把《离骚》当作奴仆来使唤，即大大超过了《离骚》。

【解读】

杜牧（803—852），字牧之，京兆万年（今陕西西安）人，唐代文学家。祖父杜佑曾为三朝宰相。杜牧是太和年间的进士，曾充当江西观察使沈传师与淮南节度使牛僧儒的幕僚，历任监察御史，黄、池、睦、湖诸州刺史，官至中书舍人。杜牧的诗与李商隐齐名，世人合称“小李杜”。

杜牧像

杜牧的论文主张“为文以意为主，气为辅，以辞采章句为之兵卫”（《答庄充书》），重视内容，反对片面追求形式。其文大都针对当时政治形势，有感而发，表现了他反佛、爱民、削藩、御敌、用兵、固边等进步主张。杜牧的著作笔力峭健，气盛词雄，语言精工洗练，颇具独创性。

杜牧在《太常寺奉礼郎李贺歌诗集序》中言道，李唐皇族的后裔子孙李贺，字元吉，以诗歌闻名。李贺的诗，连绵不断的云烟不足以形容其风貌；迢迢的春水不足以形容其感情；盎然的春意不足以形容其活力；明洁的秋天不足以形容其格调；乘风破浪的船只、驰骋疆场的骏马，不足以形容其气势；吸水的巨鲸、跳荡的老鳖，以及牛头鬼、蛇身神，都不足以形容其荒诞离奇。文中，杜牧连用九个排比的比喻，对李贺诗歌的内容、情调、风格、形象、意境、手法等方面，做了淋漓尽致的刻画，使李贺诗歌峻峭冷艳、奇谲诡异、生新幽魅的艺术特点，形象生动地呈现在读者面前。特别值得注意的是，杜牧认为李贺的诗歌具有春天一样的生机活力，具有圆润柔和的一面，这与后人对李贺诗的印象颇为不同。杜牧认为李贺是屈原的继承人，继承了屈原《离骚》的浪漫主义传统。他的诗歌思想虽没有《离骚》深刻，但在文采上有所超越，辞藻华丽、想象奇特绝不逊色。《离骚》满怀感慨、怨恨、讥讽、愤懑的情绪，说到君臣、治乱等大事，时常

戏曲版画《杜牧之诗酒扬州梦》

可以扣人心弦，引起共鸣。李贺的诗歌在这方面有所欠缺，却能探讨研究历史的经验教训，常对一些古今都未曾论及的历史事件发出深沉的感叹，如《金铜仙人辞汉歌》《补梁庾肩吾宫体谣》等就是此类作品。最后，作者指出李贺诗歌源自屈原《离骚》，用“理虽不及，辞或过之”对李贺与屈原的诗歌进行比较，准确地阐明了李贺诗歌浪漫主义的特点。李贺诗歌所选取的内容与形式，将写作的陈规常法远远抛开。李贺二十七岁就英年早逝，人们都说：“假如李贺还健在，只要诗歌思想内容稍微深刻一点，成就就可以超过屈原。”

（唐）杜牧《张好好诗》

这幅作品是杜牧留存于世的唯一墨迹。

杜牧是在李贺死后的第十五年为他的诗集写下了这篇序言。此篇序文既是一篇极具价值的文学评论，又是一篇声情并茂的散文佳作，更是一篇传奇小品。前半部分叙述沈亚之与杜牧的一次郑重其事的通信。信中叙述了李贺临终前将自己全部诗歌托付给沈亚之。十五年后，沈亚之整理书箧，发现故人遗作，于是情不自已，急切地请杜牧为李贺的诗集作序。李贺诗集实际上保存了沈亚之和李贺间的一段深情。杜牧和沈亚之一样对李贺的诗歌非常推崇，所以始终不敢接受这一重任。沈亚之两次请求，杜牧两次拒绝。直到沈亚之说“子固若是，是当慢我”，杜牧方才勉强接受。这从一个侧面烘托出李贺诗歌具有极高的价值。

屈原蜡像

题薛公期画

欧阳修

善言画者，多云鬼神易为工，以谓画以形似为难。鬼神，人不见也①。然至其阴威惨淡，变化超腾，而穷奇极怪，使人见辄惊绝，及徐而定视，则千状万态，笔简而意足②，是不亦为难哉？此画虽传自妙本③，然其笔力精劲，亦自有佳处。嘉祐八年④仲春旬休日，窃览而嘉之，题还薛公期⑤画室。庐陵欧阳修题。

【注释】

①“善言画者”三句：出自《韩非子·外储说》。韩非子认为画犬马最难，画鬼魅最易，因为“犬马，人所知也，旦暮罄于前，不可类之；鬼魅，无形者，不罄于前，故易之也”。

②意足：充分表现其神情形态，达到了神似。

③传：传写、临摹。妙本：最好的样本。

④嘉祐八年：1063年。
⑤薛公期：欧阳修同时代人，画家，生平不详。

【解读】

欧阳修像

欧阳修（1007—1072），字永叔，自号醉翁、六一居士，庐陵永丰（今江西）人，北宋文学家、史学家。欧阳修是天圣年间的进士，因参加庆历革新，曾贬至夷陵（今湖北宜昌）、滁州等地，晚年官至枢密副史、参知政事，卒谥“文忠”。

欧阳修是北宋诗文革新运动的领袖，“唐宋八大家”之一，苏洵父子、曾巩、王安石皆出于欧阳修门下。欧阳修主张“明道”“致用”，提倡朴素、平易、合乎实际的文风，所作散文纡徐通达、委婉曲折，后世有“六一风神”的美誉。欧阳修所作的题跋亦独具一格，除有考订、鉴赏外，多数是借题发挥，旁敲侧击，议论横生，一篇题跋往往就是一篇短评或短论。

这篇文章题写于与欧阳修同时代画家薛公期的画作之上，是一篇题作。欧阳修认为，善于评画的人，多数认为画鬼神最容易精妙，而按照原样画出具体事物的形貌就十分困难。鬼神是人们见不着的，可是要描绘出它的阴森、威严、凄惨、变化腾跃、极端奇怪的形象，使人一眼看去就惊恐万分，等到慢慢注视时，又觉得千姿百态、笔法简劲，精神十足，却是极难做到的。欧阳修对古人画“犬马难、鬼神易”的观点提出了不同看法，认为画家如果能够画出鬼神的凛凛威风和变化超腾，以简洁省净的

（明）仇英《醉翁亭图卷》

线条或色彩表现丰富深刻的意蕴，使观者一见即震惊叫绝，产生深远的联想和想象，也同样不易。他认为画作重要的是表现“意”，主要是指人和事物的神情、气韵等内在特征。这与古代画论中的“神似”“传神写意”有相通之处。欧阳修认为，艺术应该具有真实性，即使是虚构的无形之物，也能产生震撼人心的真实效果。

南行前集序

苏　轼

夫昔之为文者，非能为之为工①，乃不能不为之为工也。山川之有云雾，草木之有华实，充满勃郁②，而见③于外，夫虽欲无有，其可得耶？自少闻家君之论文，以为古之圣人有所不能自已而作者。故轼与弟辙为文至多，而未尝敢有作文之意。

己亥④之岁，侍行⑤适楚，舟中无事，博弈⑥饮酒，非所以为闺门⑦之欢，而山川之秀美，风俗之朴陋，贤人君子之遗迹，与凡耳目之所接⑧者，杂然有触于中⑨，而发于咏叹。盖家君之作，与弟辙之文皆在，凡一百篇，谓之《南行集》。将以识⑩一时之事，为他日之所寻绎⑪，且以为得于谈笑之间，而非勉强所为之文也。

时十二月八日，江陵驿书。

【注释】

①工：功力，素养。
②勃郁：茂盛，旺盛。
③见：同“现”。
④己亥：仁宗嘉祐四年（1059）。
⑤侍行：侍奉旅行。嘉祐二年（1057），苏轼母程氏卒，父子三人回眉山奔丧，并在家中守孝。嘉祐四年（1059），服丧期满，苏轼与弟弟苏辙侍奉陪伴其父苏洵，带着全家，再次出川前往京城开封。
⑥博弈：下棋。博，局戏，用六箸十二棋。弈，围棋。
⑦闺门：家门。
⑧接：交接，感受。
⑨中：内心。
⑩识：通“志”，记叙。
⑪寻绎：反复思考与推求。

【解读】

苏轼（1037—1101），字子瞻，号东坡居士，眉山（今属四川）人，北宋大文学家。苏轼是嘉祐年间的进士，初为凤翔签判，后为杭州通判，知密州、徐州、湖州等地。元丰年间，因作诗讽刺新法，被贬至黄州（今湖北黄冈）。宋哲宗即位后，起用

（明）张路《苏轼回翰林院图》【局部】

东坡书院

苏轼为翰林学士兼侍读。后苏轼因不满执政者将新法完全废除，自请外任，出知杭州、颍州（今安徽阜阳）。绍圣年间复行新法，苏轼又被贬值惠州（今属广东）、儋州（今属海南），赦还时卒于常州，谥号“文忠”。苏轼是宋代诗文革新运动后期的领袖，“唐宋八大家”中的佼佼者，诗、词、书、画均有很高成就。他既重视文章的社会功能，也重视文章的艺术特征，强调作文应如行云流水，姿态横生，文理自然，求物之妙，意能称物，词能达意。苏轼的行文风格纵横驰骋，汪洋肆意，其题跋见解精辟，自然精妙，坦率幽默，独具风韵。

《南行集》是苏洵父子的第一部合集，当时苏轼、苏辙兄弟已经考取进士，随父亲一起赴京。一路上，他们心情舒畅，并不着急赶路，而是饱览长江三峡一带的壮美风光，考察民情民俗，游览历史遗迹，父子之间相互唱和。

嘉祐四年（1059），苏轼侍奉父亲出川，途经湖北，坐在船里，无事可做，一家人就一起喝酒、下棋，虽然不像在家中闲适欢乐，但此时秀美壮丽的山水，质朴的风俗，贤人君子留下的遗迹，和所有耳闻目睹的事物，都纷至沓来，引发了大家的感触，通过咏叹得到了尽情的抒发。苏轼的父亲和弟弟都有作品在手，共一百篇，题名《南行集》，准备用来记录当时的事情，供日后思考。这些作品都是谈笑间一挥而就，不是勉强写出的。

这篇短序作于江行结束，宿于江陵驿站之时。苏轼在文中提出了为文出于轻松自然的观点，正如山川草木充满灵气，其美丽就自然而然地呈现出来一样，创作诗文也应有丰沛的感情郁积

（宋）李嵩《赤壁图》

（明）杜堇《题竹图》

心中，自然而然地以诗以文的形式表达出来，故而“不能不为之工”。序文中记录了父子南行的生活景象，他们在两岸连山七百里的滔滔江面上，沐浴朝阳晚霞，在凉爽秋风中，饮酒博弈，感而赋诗抒怀，写出了一篇篇充满山水灵气的诗文。南行途中真切的生活和创作体验，使苏轼认识到诗文创作有赖于生活，有感而发。追求自然真美，是苏轼终生践行的美学理想。

题东坡字后

黄庭坚

东坡居士①极不惜书，然不可乞。有乞书者，正色诘责之，或终不与一字。元祐中锁试礼部②，每来见过，案上纸不择精粗，书遍乃已。性喜酒，然不能四五龠③已烂醉，不辞谢而就卧，鼻鼾如雷。少焉苏醒，落笔如风雨，虽谑弄皆有义味④。真神仙中人，此岂与今世翰墨之士争衡哉！

东坡简札字形温润⑤，无一点俗气。今世号能书者数家，虽规模古人，自有长处，至于天然自工，笔圆而韵胜，所谓兼四子⑥之有以易之，不与也。

建中靖国元年⑦五月乙巳，观于沙市⑧舟中，同观者刘观国、王霖、家弟叔向、小子相⑨。

【注释】

①东坡居士：苏轼被贬黄州时自号东坡居士。

②元祐：宋哲宗年号。元祐三年（1088），苏轼以大学士知贡举，担任进士考试的主考官。黄庭坚时任参详，是副手之一，共同审阅试卷。锁试：考试时闭锁试场，防止作弊。礼部：宋代考试的主管部门。

③龠：古代量器名，二龠一合，十合一升。

④谑弄：戏谑调笑。义味：含有意义，并有味道。

⑤温润：温和圆润。

⑥四子：当世四位有成就的书法家。

⑦建中靖国元年：即1101年。

⑧沙市：长江北岸的城市，旧属湖北省江陵县。

⑨小子相：黄庭坚的儿子黄相。

【解读】

黄庭坚像

黄庭坚（1045—1105），字鲁直，号山谷道人、涪翁，洪州分宁（今江西修水）人，北宋诗人、书法家。黄庭坚是治平年间的进士，曾任国子监教授、秘书省校书郎、太和（今江西泰和）县令、起居舍人等职，绍圣年间屡遭贬谪，卒于宜州（今广西宜山）贬所。黄庭坚是宋诗的代表人物，“江西诗派”的领袖，“苏门四学士”之一，诗与苏轼齐名，世称“苏黄”。黄庭坚写文讲究作法，晚年笔下时有禅机流露。黄庭坚的题跋颇有特色，或鉴赏，或叙事，或议论，兴致所至，任情抒写，随属题跋，实属小品，这点与他强调作文法度又不尽相同。

《题东坡字后》作于黄庭坚晚年远贬途中。当时他身负罪名，处于荒蛮之地，思念亲人朋友。苏轼很喜欢为别人写字，不择笔墨，遇纸辄书，纸尽而止，而有时又正色责问，一个字也不愿书写。苏轼喜爱喝酒，但酒量并不好，少饮即醉，醉时落笔

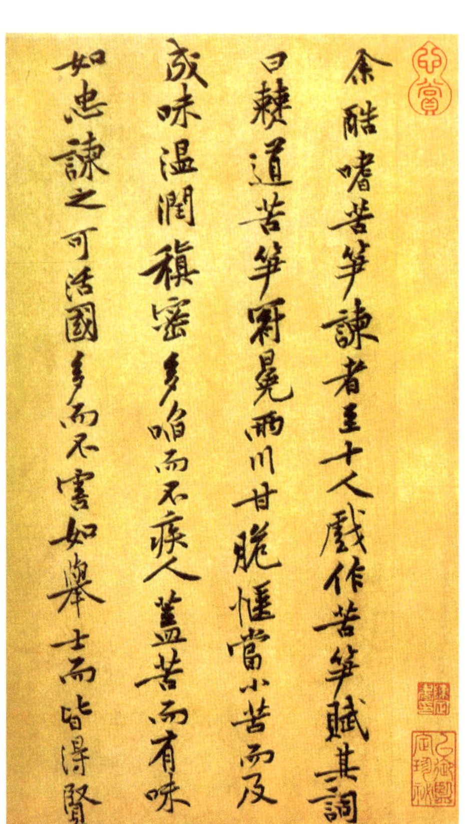

（宋）黄庭坚《苦笋赋》

如风，酒气拂拂从指间流出，字体飘逸奔放，有如神助，充满神仙逸韵，全无一点俗气，兼具当世四位书法名家之长，是其潇洒超脱、儒雅豪放的人格的象征。黄庭坚认为苏轼的书法虽模拟古人，却能够自出机杼，集众家之长。观字如面，看到好友苏轼的字，黄庭坚眼前仿佛浮现出了苏轼旷达超逸的谪仙风采。

黄庭坚在此篇序文中不经意地说明了人格与作品风格统一的文学现象，文风生动活泼、妙趣横生。

(清) 华喦《西园雅集图》

西园为北宋驸马都尉王诜之第，当时的文人墨客多雅集于此。"西园雅集"成为文坛之不朽盛事。画中描绘了苏轼、苏辙、黄庭坚、米芾、秦观等人游园的场景。

金石录后序

李清照

右《金石录》三十卷者何？赵侯德甫所著书也①。取上自三代②、下迄五季③，钟、鼎、甗、鬲、盘、彝、尊、敦之款识④，丰碑大碣、显人晦士之事迹⑤，凡见于金石刻者二千卷，皆是正讹谬⑥，去取褒贬。上足以合圣人之道，下足以订史氏之失者⑦，皆载之，可谓多矣。

呜呼！自王涯、元载之祸，书画与胡椒无异⑧；长舆、元凯之病，钱癖与《传》癖何殊⑨？名虽不同，其惑一也。

余建中辛巳，始归赵氏⑩。时先君作礼部员外郎⑪，丞相时作礼部侍郎⑫，侯年二十一，在太学作学生⑬。赵、李族寒，素贫俭。每朔望谒告⑭出，质衣⑮取半千钱，步入相国寺⑯，市碑文、果实归，相对展玩咀嚼，自谓葛天氏之民也⑰。后二年，出仕宦，便有饭蔬⑱衣练⑲，穷遐方绝域⑳，尽天下古文奇字之志㉑。日就月将㉒，渐益堆积。丞相居政府，亲旧或在馆阁㉓，多有亡诗逸史㉔、鲁壁、汲冢所未见之书㉕。遂尽力传写，浸觉有味，不能自已。后或见古今名人书画，三代奇器，亦复脱衣市易。尝记崇宁间㉖，有人持徐熙㉗《牡丹图》，求钱二十万。当时虽贵家子弟，求二十万钱，岂易得耶？留信宿㉘，计无所出而还之。夫妇相向惋怅者数日。

后屏居乡里十年㉙，仰取俯拾，衣食有余。连守两郡㉚，竭其俸入以事铅椠㉛。每获一书，即同共勘校，整集签题。得书、画、彝、鼎，亦摩玩舒卷，指摘疵病，夜尽一烛为率。故能纸札精致，字画完整，冠诸收书家。余性偶强记，每饭罢，坐归来堂烹茶㉜，指堆积书史，言某事在某书某卷第几页第几行，以中否角胜负，为饮茶先后。中即举杯大笑，至茶倾覆怀中，反不得饮而起。甘心老是乡矣！故虽处忧患困穷，而志不屈。

收书既成，归来堂起书库大橱，簿甲乙㉝，置书册。如要讲读，即请钥上簿关出。卷帙或少损污，必惩责揩完涂改，不复向时之坦夷也。是欲求适意而反取憀栗。余性不耐，始谋食去重肉㉞，衣去重采㉟，首无明珠、翡翠之饰，室无涂金、刺绣之具。遇书史百家字不刓缺㊱、本不讹谬者，辄市之，储作副本。自来家传《周易》《左氏传》，故两家者流，文字最备。于是几案罗列，枕席枕藉，意会心谋，目往神授，乐在声色狗马之上。

至靖康丙午岁，侯守淄川㊲，闻金寇犯京师，四顾茫然，盈箱溢箧，且恋恋，且怅怅，知其必不为己物矣。建炎丁未春三月㊳，奔太夫人丧南来。既长物不能尽载，乃先去书之重大印本者，又去画之多幅者，又去古器之无款识者；后又去书之监本者、画之平常者、器之重大者。凡屡减去，尚载书十五车。至东海㊴，连舻渡淮，又渡江，至建康㊵。青州故第，尚锁书册什物，用屋十余间，期明年春再具舟载之。十二月，金人陷青州，凡所谓十余屋者，已皆为煨烬矣。

建炎戊申秋九月㊶，侯起复知建康府，己酉春三月罢㊷，具舟上芜湖，入姑孰㊸，将卜居赣水上㊹。

夏五月，至池阳[45]，被旨知湖州[46]，过阙上殿[47]。遂驻家池阳，独赴召。六月十三日，始负担舍舟，坐岸上，葛衣岸巾[48]，精神如虎，目光烂烂射人，望舟中告别。余意甚恶，呼曰：“如传闻城中缓急[49]，奈何？”戟手遥应曰[50]：“从众。必不得已，先弃辎重，次衣被，次书册卷轴，次古器，独所谓宗器者[51]，可自负抱，与身俱存亡，勿忘之！”遂驰马去。途中奔驰，冒大暑，感疾。至行在[52]，病痁[53]。七月末，书报卧病。余惊怛，念侯性素急，奈何病痁，或热，必服寒药，疾可忧。遂解舟下，一日夜行三百里。比至，果大服柴胡、黄芩药，疟且痢，病危在膏肓。余悲泣仓皇，不忍问后事。八月十八日，遂不起，取笔作诗，绝笔而终，殊无分香卖履之意[54]。

葬毕，余无所之。朝廷已分遣六宫[55]，又传江当禁渡。时犹有书二万卷，金石刻二千卷，器皿、茵褥，可待百客，他长物称是。余又大病，仅存喘息。事势日迫，念侯有妹婿任兵部侍郎，从卫在洪州，遂遣二故吏先部送行李往投之。冬十二月，金人陷洪州，遂尽委弃。所谓连舻渡江之书，又散为云烟矣。独余少轻小卷轴书帖，写本李、杜、韩、柳集，《世说》《盐铁论》，汉、唐石刻副本数十轴，三代鼎鼐十数事，南唐写本书数箧，偶病中把玩，搬在卧内者，岿然独存[56]。

上江既不可往，又虏势叵测，有弟迒，任敕局删定官[57]，遂往依之。到台[58]，台守已遁；之剡[59]，出睦[60]，又弃衣被，走黄岩，雇舟入海，奔行朝，时驻跸章安[61]。从御舟海道之温，又之越[62]。庚戌十二月[63]，放散百官，遂之衢。绍兴辛亥春三月[64]，复赴越；壬子[65]，又赴杭。

先，侯疾亟时，有张飞卿学士[66]，携玉壶过视侯，便携去，其实珉也。不知何人传道，遂妄言有“颁金”之悟[67]，或传亦有密论列者[68]。余大惶怖，不敢言，亦不敢遂已，尽将家中所有铜器等物，欲赴外庭投进[69]。到越，已移幸四明[70]。不敢留家中，并写本书寄剡，后官军收叛卒，取去，闻尽入故李将军家。所谓岿然独存者，无虑十去五六矣。惟有书画砚墨可五七簏，更不忍置他所，常在卧榻下，手自开阖。在会稽[71]，卜居土民钟氏舍。忽一夕，穴壁负五簏去。余悲恸不已，重立赏收赎。后二日，邻人钟复皓出十八轴求赏，故知其盗不远矣。万万计求之，其余遂牢不可出，今知尽为吴说运使贱价得之[72]。所谓岿当然独存者，乃十去其七八。所有一二残零，不成部帙书册，三数种平平书帖，犹复爱惜，如护头目，何愚也耶！

今日忽阅此书，如见故人。因忆侯在东莱静治堂，装卷初就，芸签缥带[73]，束十卷作一帙。每日晚吏散，辄校勘二卷，题跋一卷。此二千卷，有题跋者五百二卷耳。今手泽如新，而墓木已拱[74]，悲夫！

昔萧绎江陵陷没，不惜国亡而毁裂书画[75]；杨广江都倾覆，不悲身死而复取图书[76]。岂人性之所著，死生不能忘之欤？或者天意以余菲薄，不足以享此尤物耶[77]？抑亦死者有知，犹斤斤爱惜，不肯留在人间耶？何得之艰而失之易也！呜呼，余自少陆机作赋之二年[78]，至过蘧瑗知非之两岁[79]，三十四年之间，忧患得失，何其多也！然有有必有无，有聚必有散，乃理之常。人亡弓，人得之[80]，又胡足道？所以区区记其终始者，亦欲为后世好古博雅者之戒云。

绍兴二年、玄黓岁壮月朔甲寅[81]，易安室题[82]。

【注释】

①赵侯德甫：赵明诚，字德甫，宋密州诸城（今山东省诸城市）人，徽宗朝宰相赵挺之之季子，李清照之夫。侯是古代五等封爵之一，后常用来称呼州郡长官。赵明诚曾为莱州、淄州、建康、湖州太守，故称为“侯”。

②三代：指夏、商、周三朝。

③五季：指梁、唐、晋、汉、周五代。

④甗：古代青铜制成的炊具。鬲：古代烹饪器，铜制，似鼎而足中空。彝：古代酒器，青铜制。敦：古代盛食物的铜器。

⑤显人：有声望的人。晦士：韬晦之士。

⑥讹谬：错字讹句。

⑦史氏：泛指史官。

⑧王涯、元载之祸：王涯，字广津，唐文宗时的宰相，爱好收藏书画，后因谋诛宦官事泄而被杀。他人破墙而入其家，取金玉珍宝而弃书画于道路。元载，字公辅，唐代宗时的宰相，因贪赃而赐自尽，被没收其家财，仅胡椒便有八百石。作者借这两祸，指出人若遭祸，无论收藏什么都会失去。

⑨长舆、元凯之病：和峤，字长舆，晋朝人，家产至富，生性吝啬，杜预说他有“钱癖”。杜预，字元凯，与和峤同时，博学，雅好《左传》，著有《春秋经传集解》。一次晋武帝问杜预：“卿有何癖？”他回答道：“臣有《左传》癖。”

⑩建中辛巳：宋徽宗建中靖国元年（1101）。这一年，李清照与赵明诚结婚。

⑪先君：指李清照已逝世的父亲李格非，时为礼部员外郎。

⑫丞相：指赵挺之，时为礼部侍郎，崇宁四年（1105）官至尚书右仆射，即宰相。

⑬太学：古代教授儒家经典的最高学府。

⑭朔望：农历每月初一为朔，十五为望。这里指朔望日的例行休假。

⑮质：典当。

⑯相国寺：北宋汴京最大的庙宇。《东京梦华录》载：“殿后资圣门前，皆书籍、玩好、图画之类。”

⑰葛天氏之民：葛天氏为传说中的远古帝王，善于治理天下，开创了上古和谐盛世。

⑱饭蔬：以蔬菜为饭，指素食。

⑲衣练：穿粗布衣服。

⑳穷遐方绝域：去极远的地方游玩。
㉑古文奇字：甲骨文、钟鼎文等上古文字。
㉒日就月将：指言当习之以积渐。日就，学之使每日有成就。月将，至于一月则有可行。
㉓馆阁：宋代掌管修史、藏书、校僻的机关。
㉔亡诗：指今本《诗经》三百零五篇以外的诗。逸史：正史以外的史书。
㉕鲁壁：孔安国《古文尚书序》："鲁恭王好治宫室，坏孔子旧宅以广其居，于壁中得先人所藏古文虞、夏、商、周之书，及《传》《论语》《孝经》，皆蝌蚪文字。"汲冢：晋太康二年，汲郡有个名叫不准的人盗魏安王冢，得竹书数十车，皆为竹简蝌蚪文。
㉖崇宁：宋徽宗的年号。
㉗徐熙：五代南唐时的杰出画家，善画花木、禽鱼、蝉蝶、蔬果。
㉘信宿：连宿两夜。
㉙屏居乡里：隐居家乡。徽宗大观元年（1107），赵挺之罢相，不久病逝。
㉚连守两郡：赵明诚于宣和三年（1121）出守莱州，靖康元年（1126）移守淄州。
㉛铅椠：古代的文具。铅，铅条，可书写。椠，木板，可书文字。
㉜归来堂：青州故第内的屋舍。
㉝簿甲乙：分类编号。
㉞食去重肉：少吃荤菜。
㉟衣去重采：不穿绣花衣裳。
㊱刓缺：残缺不全。
㊲淄川，即淄州，今山东省淄博市。
㊳建炎丁未：宋高宗建炎元年（1127）。
㊴东海：宋朝的海州，今江苏省连云港市。
㊵建康：今江苏省南京市。
㊶建炎戊申：建炎二年（1128）。
㊷己酉春：建炎三年（1129）春天。
㊸姑孰：今安徽省当涂县。
㊹赣水：今江西省赣江市。
㊺池阳：今安徽省池州市。
㊻潮州：今浙江省湖州市。
㊼过阙上殿：指入宫面圣。
㊽岸巾：古人头巾均覆额，把头巾掀起露出前额，称"岸巾"或"岸冠"。

㊾缓急：紧急。指敌军侵犯事。

㊿戟手：以食指与中指分开成戟形，指点对方。

51宗器：宗庙祭器及礼乐之器。

52行在：皇帝出行时的住所，这里指建康。

53病痁：患疟疾。

54分香卖履：意思是立遗嘱。

55六宫：皇帝后宫的总称。

56岿然独存：经受变乱而唯一幸存的事物。

57敕局删定官：职掌收集诏书并编纂成书的官员。

58台：台州，今浙江省临海县。

59剡：剡县，今浙江省嵊县。

60睦：睦州，今浙江省建德县。按：此时清照追随宋高宗奔亡入海，系走浙东，似不可能到达位于浙西的睦州。

61驻跸：皇帝途中驻扎。跸，原意指皇帝出行时的清道。章安：镇名，宋时属台州。

62越；越州，今浙江省绍兴市。

63庚戌：建炎四年（1130）。

64绍兴辛亥：绍兴元年（1131）。

65壬子：绍兴二年（1132）。

66张飞卿：阳翟人。

67颁金：把玉壶送给金人，代指通敌。

68有密论列者：宋代言官上书检举弹劾称“论列”，代指告密。

69外庭：即外朝，与禁中相对。

70四明：今浙江省宁波市。

71会稽：今浙江省绍兴市。

72吴说：字傅朋，钱塘（今杭州）人，著名的书画家，曾任福建路转运判官。

73芸签缥带：芸签，书签的雅称，古人藏书多用芸香驱蠹虫；缥带，淡青色的带子，用以捆扎简书。

74墓木已拱：墓前的树木需以两手合抱，比喻人死已久。此时，赵明诚已故六年。

75“昔萧绎”二句：梁元帝萧绎当都城江陵陷落之时，焚毁十四万册图书。

76杨广：即隋炀帝，大业十四年（618）在江都（今江苏省扬州市）被宇文化及所杀。

77尤物：这里指珍贵的文物。

⑱陆机作赋：陆机，西晋华亭（今上海松江）人，文学家。杜甫《醉歌行》：“陆机二十作《文赋》。”李清照十八岁时嫁赵明诚，比当时的陆机小两岁。
⑲蘧瑗：字伯玉，春秋时期的卫国大夫。
⑳人亡弓，人得之：语出《孔子家语》卷二：“楚王出游，亡弓。左右请求之。王曰：‘止！楚人失弓，楚人得之，又何求之？’孔子闻之：‘惜乎其不大也！不曰人遗弓人得之而已，何必楚也。’”
㉑玄黓岁：语出《尔雅·释天》：“太岁在壬曰玄黓。”绍兴二年，岁在壬子，故云。
㉒易安：李清照的自号。

【解读】

李清照（1084—约1155），自号易安居士，济南（今山东省济南市历下区）人，宋代著名女作家，工诗，能文，尤擅长词，为婉约派代表词人。

（清）崔错《李清照像》

李清照创制的铜质打马棋

李清照生活在北宋与南宋之交。“靖康之变”不仅成为她生存状况的分野，也是她文学创作思想风格的分野。北宋时期，李清照的生活养尊处优，夫妻谐契，生活充满了甜美诗情。因此，李清照这个时期的作品风格较为欢快，偶有幽怨之作，也是一种怀人的惆怅，属“甜蜜的忧郁”。南渡之后，李清照的厄运接踵而至：国破家亡，颠沛流离；王命难违，夫妻痛别；之后丈夫赵明诚“绝笔而终”，留下李清照一个孤身女子独自在异乡彷徨。自此，李清照诗风词风大变，充满了浓重的凄苦与哀伤。

李清照以词传世，她的词作多以白描为主，明白如话又有情景相生，使人过目不忘。她的散文以《金石录后序》为佳，清人李慈铭在所著《越缦堂读书记》中称赞《金石录后序》“叙致错综，笔墨疏秀，萧然出町畦之外”，是难得一见的叙真事、抒真情，以真善美感染人的佳作。

《金石录》共三十卷，由李清照的丈夫赵明诚所著。在这本书中，赵明诚将夏、商、周至五代末的钟、鼎、甗、鬲、盘、彝、尊、敦上的款识，以及刻在石碑上的名人或隐士的事迹，一一修正其中的错误，并进行了品评。

李清照的这篇《后序》，李清照用质朴凝练的语言，简述赵明诚所著《金石录》的内容和成书过程，集中笔墨详叙李清照夫妇二人所藏的金石书画聚散的过程，抒发了作者悼念亡夫、追思故物的感情。从这篇《后序》中可以得知李清照从悠闲适意到颠沛流离再到郁郁寡欢的人生。人们在深切悲悯与同情的同时，也对她落难而不落志、“虽处忧患困穷而志不屈”的人生品格而钦佩不已。

建中靖国辛巳年间，李清照嫁到赵家。两年后，赵明诚外出做官。他立志宁可粗茶淡饭，也要走遍天下，收尽古文奇字。赵明诚的父亲有亲戚朋友在秘书省任职，常有些佚诗、逸史，或者从旧壁中、古墓里掘出的书。他就尽力抄写，自得其乐，渐渐沉醉其中。只要见到古今名人字画，夏商周的奇器，他都要凑钱卖下。

后来，夫妻二人移居青州的乡下，共住了10年。那段日子衣食有余，赵明诚又做了两任太守。赵明诚便把他全部的薪水都用在著书上。每每得到一本好书，夫妻俩就一同校勘，整理成集，题上署名；得到书画彝鼎，也要一起把玩，指摘弊病，每晚都要燃尽一根蜡烛才肯罢休。李清照愿意一辈子过这样的生活，虽然清贫简朴，可心中的志愿未改变过一丝一毫。收书的任务完成后，夫妇俩在归来堂建了书库，分类编号，妥善保存；如要读，先打开柜锁、登记，才可拿出书，精细如此。

己酉年八月，赵明诚去世。李清照颠沛流离，拼尽全力保住了一小部分书籍，便小心翼翼地记录下来，想为后世那些好古博

（清）陈枚《月曼清游图之围炉博古》

雅的人留下借鉴。

金石书画散落，是李清照人生中第一等悲痛。而痛中之痛，是其夫赵明诚在赶赴湖州上任途中，得了疟疾又服错了药。待她赶到时，赵明诚已“病危在膏肓”，不日不幸病逝。失物丧夫，成为李清照多舛命运的重大转折点。这一年李清照年方四十五岁。

即便如此，李清照犹能旷达、坦然。在《后序》中，她感叹："呜呼！余……三十四年之间，忧患得失，何其多也？然有必有无，有聚必有散，乃理之常。人亡弓，人得之，又胡足道！"虽极其凄苦无奈，但也是人生的彻悟。李清照至少是活到了六十七岁，是她撰述《后序》二十年后。二十多年独自飘零，"独在异乡为异客"，如果没有生活信念，没有精神支撑，是不可能的。

人的生命有限，但极限之内有张力，生活的路径各有不同。有人顺达，有人曲折，顺达的人生未必没有烦恼忧愁；而在曲折的人生中，遇到的困难可能更多。世事多艰，命运多舛，一帆风顺的人生是没有的。正因为对生活充满希望，李清照能够留下许多传世华章，成为后世的一笔巨大的精神财富。

（明）佚名《千秋绝艳图》【局部】

跋花间集

陆 游

一

《花间集》①皆唐末五代时人作。方斯时天下岌岌②，生民救死不暇，士大夫乃流宕③如此，可叹也哉！或者亦出于无聊故耶？笠泽翁④书。

二

唐自大中后，诗家日趣浅薄，其间杰出者，亦不复有前辈闳妙浑厚⑤之作，久而自厌，然梏⑥于俗尚，不能拔出。会有倚声作词者，本欲酒间易晓，颇摆落故态⑦，适与六朝跌宕意气差近，此集所载是也。故历唐季五代，诗愈卑而倚声者⑧辄简古可爱。盖天宝以后，诗人常恨文不逮，大中以后，诗衰而倚声作。使诸人以其所长格力⑨施于所短，则后世孰得而议？笔墨驰骋则一，能此不能彼，未易以理推也。开禧元年[10]十二月乙卯，务观东篱书。

【注释】

①《花间集》：后蜀广政三年（940）卫尉卿赵崇祚所编的一部文人词总集，共十卷，收录唐、五代词人十八家，作品五百篇。内容多写歌宴酒席应酬以及闺房的男女情爱，风格婉约清丽，辞藻华丽轻艳，成为后代词作体制和风格的典范。
②岌岌：颠危欲坠。
③流宕：风流放荡。
④笠泽翁：笠泽，即太湖。陆游祖籍甫里，临太湖，故号“笠泽翁”。
⑤闳妙浑厚：内容深刻，语言高妙，风格雄浑，意蕴深厚。这是盛唐诗歌的主要特征。
⑥梏：枷锁，文中指受到世俗风尚的束缚。
⑦摆落故态：突破传统的桎梏。
⑧倚声者：指词作。
⑨格力：致力。
⑩开禧元年：1205年。

【解读】

陆游（1125—1210），字务观，号放翁，越州山阴（今浙江绍兴）人，南宋大诗人。宋孝宗时赐进士出身，除枢密院编修，后任镇江、建康、夔州等地通判，曾入四川宣抚使王炎幕府协理军务，因力主抗金而屡遭弹劾，晚年罢官乡居二十余年。陆游的诗以爱国主义精神为主调，风格雄浑豪放，人称“诗史”；散文语言朴实，文笔清新，以游记和笔记最为著名；其题跋多涉及时事，论人论事，犀利深刻，饱含激愤之情。陆游著述甚丰，有《渭南文集》《剑南诗稿》《南唐书》《老学庵笔记》等，这篇跋文即出自《渭南文集》。

《花间集》编辑成书，是中国古典诗歌发展史上的重要事件，标志着一种与五言律诗和七言律诗并立的新诗体的成熟。词虽然诞生于歌筵绮幌、灯红酒绿间，借助歌姬倚声卖笑得以流传，夹杂了醉生梦死的缠绵悱恻。但是，与同样格调浮靡、气象衰飒的晚唐、五代诗歌相比，词毕竟带来了一股清新婉丽的气息，在音韵、格律、构思、表现手法等方面呈现出更高的艺术价值。对于词这种新兴文体的评价，颇能看出评论者的理论倾向。陆游与宋代众多论者一样，表现出对花间词的矛盾态度。上文的两篇跋可能写于不同时期，表现出陆游对词的不同看法。

陆游像

第一篇跋文写于作者青壮年之时。当时天下扰攘，干戈遍地，生灵涂炭，民不聊生；唯西蜀还能偏安一隅，贵族耽于逸乐，士大夫也不思国事，沉溺于闺房密室，纵情声色，风流放荡，沉沦堕落，令人悲叹。陆游认为这些词是无聊消遣的游戏，从思想内容方面对其进行了否定。

第二篇跋文写于陆游八十岁的晚年，思想不再偏激，能够客观公正的评价词的成就。他认为晚唐自大中（唐宣宗年号，847—859）之后，诗歌日渐没落，晚唐杰出的诗人也没有盛唐时期那种雄浑的气象；同样地受到传统的束缚，诗歌呈现一片

浙江绍兴沈园的陆游、唐婉《钗头凤》真迹嵌碑

沈园原为绍兴沈氏的私家花园，是绍兴历代众多古典园林中唯一保存至今的宋式园林。园内墙壁上所题写的两首《钗头凤》，第一首是陆游所写，第二首是陆游的前期唐婉所和，两首词是二人凄婉的爱情故事的真实写照。

浙江绍兴陆游纪念馆内的石刻

低迷衰飒的风气，诗歌的盛世在寂寞的晚霞中，徐徐落幕。此时，词应运而生，反而突破了传统的禁锢，在宴会上唱咏，通俗易懂，情真意切，清新喜人。陆游认为词与诗相比，更加简古可爱，与六朝宫体、南朝乐府民歌所表现的男女间相互悦慕的情感更为接近，指出了六朝宫体、南朝民歌与花间词的传承关系。陆游认为词人也像诗人一样驰骋笔力，呕心沥血，因为词也具有其独特的艺术价值。

尽管陆游的诗歌成就远远高于词作，六十五岁退居家乡后二十年间无一词作，但他对词的整体评价，直到晚年都是一致的。他对唐末五代词的评价较高，曾说："唐末诗益卑，而乐府词高古工妙，庶几汉魏。"可见，他认为花间词有其不容忽视的价值与地位。

牡丹亭记题词

汤显祖

天下女子有情，宁①有如杜丽娘②者乎！梦其人③即病，病即弥连④，至手画形容传于世而后死。死三年矣，复能溟莫⑤中求得其所梦者而生。如丽娘者，乃可谓之有情人耳。情不知所起，一往而深。生者可以死，死可以生。生而不可与死，死而不可复生者，皆非情之至也。梦中之情，何必非真，天下岂少梦中之人耶？必因荐枕⑥而成亲，待挂冠⑦而为密者，皆形骸之论⑧也。

传杜太守事者⑨，仿佛晋武都守李仲文、广州守冯孝将儿女事⑩。予稍为更⑪而演⑫之。至于杜守收考⑬柳生，亦如汉睢阳王收考谈生⑭也。

嗟夫，人世之事，非人世所可尽。自非通人⑮，恒以理相格⑯耳。第⑰云理之所必无，安知情之所必有邪！

万历戊戌⑱秋清远道人题。

【注释】

①宁：岂，难道。

②杜丽娘：戏剧作品《牡丹亭》中的女主角。

③其人：《牡丹亭》的男主角书生柳梦梅。

④弥连：久病不起。

⑤溟莫：阴曹地府。

⑥荐枕：进献枕席，即侍寝。

⑦挂冠：辞官。这里指夫妻之乐。

⑧形骸之论：拘泥于形式的粗俗说法。

⑨传杜太守事者：指话本《杜丽娘慕色还魂》。

⑩李仲文、广州守冯孝将儿女事：前者出自《法苑珠林》（《太平广记》卷三百一十九《张子长》），讲述李仲文亡女与张世之子张子长梦中恋爱结婚的故事；后者出自《法苑珠林》（《太平广记》卷三百七十五《徐玄方女》），讲述冯孝将子与徐玄方亡女之魂在梦中相爱，后徐女还魂，与冯子结为夫妇。

⑪更：变动。

⑫演：变化，发展。

⑬收考：拘留审问。

⑭睢阳王收考谈生：出自《列异传》（《太平广记》卷三百一十六《谈生》），讲述一个女子夜投谈生，并与之成亲，赠以珠袍。女为睢阳王亡女，王怀疑谈生盗墓，遂将他抓来审问，谈生以实相告，后其女还魂，遂招谈生为婿。

⑮通人：学识渊博、无不通晓的人。

⑯格：推究，衡量。

⑰第：只。

⑱万历戊戌：明神宗万历二十六年，即1598年。

【解读】

(清)叶衍兰《汤显祖像》

汤显祖(1550—1616),字义仍,号海若、若士,别署清远道人,抚州临川(今属江西)人,明代著名戏曲作家。汤显祖是万历年间的进士,官至南京礼部主事,后调任浙江遂昌知县,因得罪权贵罢官,之后未再出仕。汤显祖在戏曲理论上,反对拟古和拘泥与格律,是“临川派”的代表人物。“临川四梦”(《紫钗记》《还魂记》《南柯记》《邯郸记》)为其代表作。汤显祖所作诗文亦较多,题序大多不拘格套,张弛自如,以晚明小品的笔调发表议论,极富个性色彩。

题记是序的另一种名称,一般篇幅较为简短,多用韵语;但此文用散体,是一个例外。《牡丹亭记》又名《还魂记》,是汤显祖所作“临川四梦”之一,是其代表作。

汤显祖的此篇题词,揭示了《牡丹亭记》的主人公杜丽娘“至情”的本质内涵,表达出对她发自内心的喜爱。作者认为,与唐传奇中的霍小玉、元杂剧中的崔莺莺、明话本小说里的杜十娘等“有情人”相比,杜丽娘更具特色。她“情不知所起,一往而深,生者可以死,死可以生”,这是一种与生命不可分割的情感,或者说情感就是她生命的全部。

首先,杜丽娘的情是一种至纯的情,没有掺杂任何物质欲望。长期禁锁香闺的杜丽娘在一个明媚的春天游赏后花园,大自然的生机活泼唤醒了她驿动的青春。崇尚自然与天真的杜丽娘,产生了对爱情的渴望,并因情而梦,梦中与从未谋面的知己柳梦梅一见钟情。这种爱情没有掺杂任何权势、财富、地位等因素，完全是青年男女间的自然而然的吸引而产生的超越肉欲的纯真情感。因“情不知所起”，才能“一往而深”，才能彰显出爱情的冰清玉洁。

其次，杜丽娘的情是一种至深的情。虽然屡遭压抑，但是可以穿越阴阳的阻隔，可以超越生死，又能死而复生，可谓感天地，泣鬼神。杜丽娘一场春梦后回到四面围墙的牢笼似的书斋，感到此生难圆的梦中姻缘，因而苦闷相思成病，最后为情香消玉殒。更绝妙的是，当柳梦梅为情而来，杜丽娘又死而复生，为了情而冲破死神的罗网，为的是要跟相爱的人在一起，世间还能有何种超越这种深情的情感?

昆曲《牡丹亭》剧照

版画《牡丹亭之魂游》

优秀的文学作品都是以情动人，如李商隐的无题诗、秦观的爱情诗、王实甫的《西厢记》、曹雪芹的《红楼梦》等同样如此。这些作者都以各自独特的方式，写出了一生中只有一次的至高无上的爱情，写出了人类情感的尊严，写出了超越生死的至情。

“情”是汤显祖人生哲学和文艺思想的核心。他认为情是文艺的生命源泉和精神力量，“世总为情，情生诗歌，而行于神”。在《牡丹亭记》中则表现为杜丽娘、柳梦梅对自由幸福的爱情的向往与追求，是具有永恒力量、敢于摆脱封建专制思想束

版画《牡丹亭之婚走》

缚的真情，更是人的本性，是没有受到任何思想桎梏的人的“最初一念之本心”。而“理”，在《牡丹亭记》中表现为封建礼教和专横的家长制，是以程朱理学为基础的封建道德观念。猖狂恣肆的书写真情是汤显祖对明初以来封建思想长期禁锢扼杀人性的抗争，是要求个性解放的时代精神与封建专制主义的对立，是“人欲”与“天理”的对立，与西方文艺复兴时期思想家所揭示的“人性”与“神性”的对立具有一致性。汤显祖许多为情而生的作品直接引发了晚明尊重情感、独抒性灵的文学思潮。

叙小修诗

袁宏道

弟小修[1]诗，散逸者多矣，存者仅此耳。余惧其复逸也，故刻之[2]。

弟少也慧，十岁余即著《黄山》《雪》二赋[3]，几[4]五千余言，虽不大佳，然刻画饤饾[5]，傅[6]以相如、太冲[7]之法[8]，视今之文士，矜重[9]以垂不朽者，无以异也。然弟自厌薄之，弃去。顾[10]独喜读老子、庄周、列御寇[11]诸家言，皆自作注疏，多言外趣，旁及西方之书、教外之语[12]，备极研究。既长，胆量愈廓[13]，识见愈朗[14]，的然[15]以豪杰自命，而欲与一世之豪杰为友。其视妻子之相聚，如鹿豕之与群而不相属也[16]；其视乡里小儿，如牛马之尾行[17]而不可与一日居也。泛舟西陵[18]，走马塞上[19]，穷览燕、赵、齐、鲁、吴、越之地，足迹所至，几半天下，而诗文亦因之以日进。大都独抒性灵，不拘格套，非从自己胸臆流出，不肯下笔。有时情与境会，顷刻千言，如水东注，令人夺魂。其间有佳处，亦有疵处，佳处自不必言，即疵处亦多本色独造语。然予则极喜其疵处；而所谓佳者，尚不能不以粉饰蹈袭为恨，以为未能尽脱近代文人气习故也。

盖诗文至近代而卑极矣，文则必欲准于秦、汉，诗则必欲准于盛唐⑳。剿袭㉑模拟，影响步趋，见人有一语不相肖㉒者，则共指以为野狐外道㉓。曾不知文准秦、汉矣，秦、汉人曷尝㉔字字学六经欤？诗准盛唐矣，盛唐人曷尝字字学汉、魏欤？秦、汉而学六经，岂复有秦、汉之文？盛唐而学汉、魏，岂复有盛唐之诗？唯夫代有升降㉕，而法不相沿，各极其变，各穷其趣，所以可贵，原不可以优劣论也。且夫天下之物，孤行则必不可无，必不可无，虽欲废焉而不能；雷同则可以不有，可以不有，则虽欲存焉而不能。故吾谓今之诗文不传矣。其万一传者，或今闾阎㉖妇人孺子所唱《擘破玉》《打草竿》㉗之类，犹是无闻无识真人㉘所作，故多真声，不效颦㉙于汉、魏，不学步[30]于盛唐，任性发展，尚能通于人之喜怒哀乐嗜好情欲，是可喜也。

盖弟既不得志于时，多感慨；又性喜豪华，不安贫窘；爱念光景，不受寂寞。百金到手，顷刻都尽，故尝贫；而沉湎嬉戏，不知撙节[31]，故尝病；贫复不任[32]贫，病复不任病，故多愁。愁极则吟，故尝以贫病无聊之苦，发之于诗，每每若哭若骂，不胜其哀生失路[33]之感。予读而悲之。大概情至之语，自能感人，是谓真诗，可传也。而或者犹以太露病之，曾不知情随境变，字逐情生，但恐不达，何露之有？且《离骚》一经，忿怼之极，党人偷乐，众女谣诼，不揆中情，信谗齌怒[34]，皆明示唾骂，安在所谓怨而不伤[35]者乎？穷愁之时，痛哭流涕，颠倒反覆，不暇择音，怨矣，宁有不伤者？且燥湿异地，刚柔异性，若夫劲质而多怼，峭急而多露，是之谓楚风[36]，又何疑焉！

【注释】

①小修：袁中道（1570—1623），字小修，46岁中进士，曾任徽州府教授、国子博士、南京礼部仪制司郎中等职。他一生著述甚丰，在“公安派”中成就仅次于袁宏道。

②故刻之：是袁中道最早的诗集，卷数不详，已失传。现传世的小修诗文，有《珂雪斋前集》《近集》《集选》和《游居柿录》。上海古籍出版社将其合集出版，名为《珂雪斋集》。

③《黄山》《雪》二赋：此二赋未收入小修文集，今已佚失。

④几：近。

⑤刻画饤饾：绘饰文辞饤饾，原指宴会时果菜罗列之状，后借指文辞烦琐堆砌。

⑥傅：赋以，配合。

⑦太冲：西晋诗人，辞赋家左思的字，著有《三都赋》。

⑧法：做赋的技法。

⑨矜重：夸耀，庄重。

⑩顾：只。

⑪列御寇：周代人，现流传的《列子》一书是后人伪托之作。

⑫“西方之书”二句：指从印度传入我国的佛经与语言。如禅宗教义，不立文字，直指人心，见性成佛等。

⑬廓：大。

⑭朗：明朗，清晰。

⑮的然：明确自信的样子。

⑯“其视妻子”二句：既指小修不满意狭隘的家庭生活，也反映其封建大男子主义思想。相属，相关联，相融洽。

⑰尾行：尾随在后行走。

⑱泛舟西陵：西陵是“长江三峡”之一，在今湖北省宜昌北，小修曾数次经此拜访李贽。

⑲塞上：当时边防重镇宣府、大同。小修曾应宣大总督蹇达之召，任职幕府。

⑳“文则必欲准于秦、汉”二句：均是李梦阳、王世贞等前后七子提出的文学复古主张。

㉑剿袭：抄袭。

㉒相肖：相似，相像。

㉓野狐外道：邪道。《传灯录》说，有一人谈论佛道，因说错了一句话，后来托生为野狐，禅宗因此称外道禅为野狐禅。

㉔曷尝：何尝，何曾。

㉕代有升降：时代不断发展演变，新的升起，旧的降落。

㉖闾阎：里门，指民间。

㉗《擘破玉》《打草竿》：明代吴地流行的民歌曲调，别名《挂枝儿》。擘，又作“劈”。草，又作“枣”。

㉘真人：真诚不造作的人。

㉙效颦：出自《庄子·天运》："西子（西施）病心而颦（皱眉），其里之丑人见而美之，归而捧心而学其颦。"今有成语"东施效颦"。

㉚学步：成语"邯郸学步"，出自《庄子·秋水》：赵国邯郸人走路姿态很美，燕国人前来学习，结果新步没学成，旧步也不会走了，只好爬着回去。比喻只知效仿别人，丢失自己本来的东西。

㉛撙节：节制，控制。

㉜任：堪，忍受。

㉝哀生失路：用庄子看到小虫蟪蛄生命短暂而叹息，和杨朱见歧路因无所适从而哭泣的典故，表现小修诗的失意之情。

㉞"党人偷乐"四句：引自《离骚》中"惟夫党人之偷乐兮""众女嫉余之蛾眉兮，谣诼谓余以善淫""荃不察余之中情兮，反信谗而齌怒"。揆，体察。齌怒，盛怒。

㉟怨而不伤：出自《论语·八佾》："《关雎》乐而不淫，哀而不伤。"司马迁《史记·屈原贾生列传》也说："屈平之作《离骚》，盖自怨生也。《国风》好色而不淫，《小雅》怨诽而不乱，若《离骚》者，可谓兼之矣。"

㊱楚风：楚人之风。屈原和"三袁"均为楚人，故作者特别强调小修的诗继承了屈原以来的楚人的传统。

【解读】

袁宏道（1568—1610），字中郎，号石公，湖广公安（今湖北）人，明代文学家。袁宏道是万历年间的进士，曾任吴县知县、国子助教、礼部主事、稽勋郎中等职。为官不久，袁宏道便退隐乡居，纵情山水。他反对"前后七子"的拟古之风，主张抒写性灵，不拘格套，号为"公安派"，与其兄宗道、其弟中道并称

袁宏道像

"三袁"。其散文清新明畅，直率自然，文笔优美，多写个人情趣。

"公安三袁"不仅是具有血缘关系的亲兄弟，更具有共同的兴趣爱好，以及一致的文学创作主张。袁宏道为弟弟小修的诗集作序，不仅宣扬他们共同的创作观念，也包含着他对弟弟才华的尽情赞赏，以及对其不幸遭遇的深切同情。

（清）佚名《荫下观潮图》

三兄弟中的袁中道，即小修的命运最为不幸，直到四十多岁才考中举人，一生中的大部分时间都在失意中度过。小修特立独行，不埋头于时文八股，而喜爱读老庄、列子及西方外教的书籍；厌弃凡俗琐屑的生活，以豪杰自居，沉湎游戏，不知撙节，任性而自适。袁中道的作品具有"真"的性情，这种性情就是袁宏道所称的诗歌的内在生命，也是他对小修诗高度赞誉的原因。

袁中道自小聪慧，喜欢读老庄、列御寇的著作。长大后，器量更大，见识更广，以豪杰自命，看乡中庸俗的文人，如同行走在牛马之后，感觉污秽不堪，一天也不愿意再住。于是，袁中道泛舟长江之上，驰马塞外，游览天下，他的诗文也因此进步。

他的诗文大都抒发真性情，不被格式套路所束缚，如果不是自己心中自然流露的情感，就不愿下笔。他的诗文既有优点，也有瑕疵，优点自不必多言，瑕疵之处，也是质朴自然的独创语言。可是袁宏道极为喜欢他诗文的瑕疵之处；这是因为袁宏道认为所谓的好的地方，就是能避免矫饰雕琢和沿袭模仿的缺憾，但还没能完全摆脱近代文人的风气习惯。

诗文到作者生活的时代已极其不兴盛，文章以秦汉为标准，诗歌以盛唐为标准，抄袭模仿，亦步亦趋，看到与前人不同，就一味指责，认为是没入门不得法的歪门邪道。却不知文章以秦汉为标准，而秦汉之人又何曾逐字逐句的学习《六经》呢？诗歌以盛唐为标准，盛唐之人又何曾逐字逐句模仿了汉魏的呢？时代有盛衰兴亡，方法并非沿袭不变，每个时代的诗文都应有各自的变化，各自展现意趣，诗歌因此而可贵，不能以好坏来评定啊。况且世上的事物，独立存在的就一定不能没有，即使想要废弃它也办不到。雷同的却可以没有，想要留存下来也无法办到。因此作者认为如今的诗文难以流传。一万篇中有一篇能流传下来的，或许是现在民间妇女小孩所唱的《擘破玉》或者《打草竿》之类的民歌。像这样率真之人的创作，多真实的心声，不效法汉魏，不模仿盛唐，听凭自然本性，与人的喜怒哀乐爱好愿望相通，是值得高兴的。

袁中道在这个时代不得志，多感慨；不能安贫，不能听任疾病，多忧愁。他忧愁就吟诗，常常把贫病的无奈在诗歌中抒发，如哭如笑，充满了哀叹人生、感慨失意的情感。袁宏道读了也为之感到悲伤，大概情感真挚的语言，自然而然的让人感动，这才是真正的诗，是可以流传的。他在此序中说，有人还是认为袁中道的诗文太过直露。他们不明白感情是随情境的变化而变化，

（宋）马远《秋江渔隐图》

文字是随情感的产生而产生的，只需要担心文字能不能表达出感情，哪里还有什么直露呢？况且《离骚》的情感怨恨到极点，明明白白的唾骂也没有怨而不过。情之所至，怎能有意克制、控制住自己的情绪而不过分伤痛？不同的地方干燥潮湿的情况就不一样，不同禀性的人也会有刚强柔和的不同性格，至于刚劲朴质而多怨愤，严厉急躁而直白，这是楚人的风格，又有什么怀疑的！

《小修诗序》表达了公安派的诗歌观点。一、强调真情实感，直抒己见，反对矫饰雷同以及形式上的束缚，即“独抒性灵，不拘格套”，反映了袁宏道对文学作品思想内容与表达形式的要求。他认为只要是真实感情的流露，甚至可以嬉笑怒骂。这种看法是对儒家传统“温柔敦厚”诗教观念的突破，在明代后期具有呼唤人性解放、张扬个性自由的作用。正是在这种观念的指导下，袁宏道认为真正的诗歌一定来自民间，因此，他对民歌《擘破玉》《打草竿》等予以高度肯定。二、“代有升降，法不相沿”。即一个时代有一个时代的文学，各自有其特点，不能以是否与前一个时代相符合作为衡量文学作品优劣的标准。袁宏道指出，今人作诗文要求“文必秦汉，诗必盛唐”，可是如果秦汉一味模拟六经，盛唐如果一味模拟汉魏，又岂能有现在流传的秦汉之文与汉唐之诗呢？这种观点体现出一种文学进化的观念，即古未必全都是好的，今未必全都是坏的，关键在于有没有“本色独造”的新东西。这种进步的文学观，具有极高的价值。

这篇序文在评议小修其人、其诗的过程中，夹叙夹议，文章充满激情、笔锋犀利，极富感染力和说服力。

陶庵梦忆自序

张　岱

陶庵国破家亡，无所归止，披发入山，駴駴[1]为野人[2]。故旧见之，如毒药猛兽，愕窒[3]不敢与接[4]。作自挽诗，每欲引决。因《石匮书》[5]未成，尚视息[6]人世。然瓶粟屡罄[7]，不能举火，始知首阳二老直头饿死，不食周粟[8]，还是后人妆点[9]语也。

饥饿之余，好弄笔墨，因思昔人生长王、谢[10]，颇事豪华，今日罹[11]此果报。以笠报颅，以篑[12]报踵[13]，仇[14]簪履也；以衲报裘，以苎报绨，仇轻暖也；以藿报肉，以粝[15]报粻[16]，仇甘旨[17]也；以荐[18]报床，以石报枕，仇温柔也；以绳[19]报枢，以瓮报牖，仇爽[20]垲[21]也；以烟报目，以粪报鼻，仇香艳也；以途报足，以囊报肩，仇舆从[22]也。种种罪案，从种种果报中见之。

鸡鸣枕上，夜气方回，因想余生平，繁华靡丽，过眼皆空，五十年来，总成一梦。今当黍熟黄粱㉓，车旅蚁穴㉔，当作如何消受㉕？遥思往事，忆即书之，持向佛前，一一忏悔。不次㉖岁月，异年谱也；不分门类，别《志林》㉗也。偶拈一则，如游旧径，如见故人，城郭人民，翻用㉘自喜，真所谓痴人前不得说梦矣。

昔有西陵㉙脚夫㉚为人担酒，失足破其瓮，念无以偿，痴坐伫想曰："得是梦便好！"一寒士乡试㉛中式㉜，方赴鹿鸣宴㉝，恍然犹意非真，自啮㉞其臂曰："莫是梦否？"一梦耳，惟恐其非梦，又惟恐其是梦，其为痴人则一也。余今大梦将寤，犹事雕虫㉟，又是一番梦呓㊱。因叹慧业文人，名心难化，正如邯郸梦断，漏尽钟鸣㊲，卢生遗表，犹思摹拓二王㊳，以流传后世。则其名根㊴一点，坚固如佛家舍利㊵，劫火㊶猛烈，犹烧之不失也。

【注释】

①骇骇（hài hài）：令人惊诧。

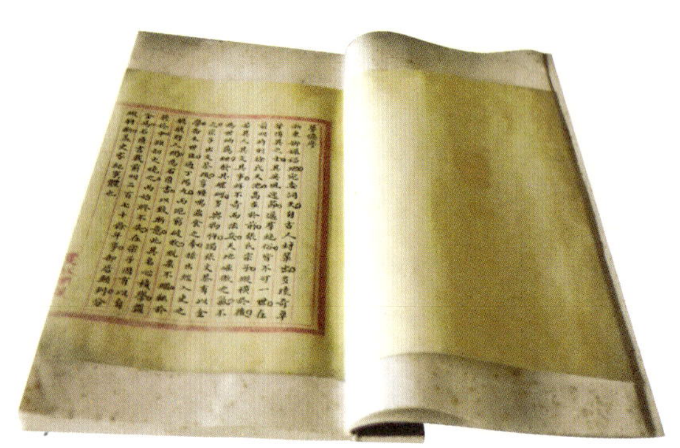

《陶庵梦忆》手抄本（图片提供：FOTOE）

②野人：山野之人。

③愕窒：令人惊奇快要窒息。

④接：接近。

⑤《石匮书》：作者当时正在写作的一部史书。该书开始撰写于明崇祯元年（1628），前后历五十年完成，内容分“本纪”“志”“世家”“列传”四类。

⑥视息：只能目视和呼吸，指苟活。

⑦罄：完，空。

⑧“首阳二老”三句：商代孤竹君的儿子伯夷、叔齐，因不愿为君逃到周国。武王灭商后，二人耻食周粟，逃到首阳山，采薇而食，最后饿死在山中。

⑨妆点：粉饰，遮掩。

⑩王、谢：晋代两个富贵家族，后世以此指代豪门贵族。

⑪罹：遭遇不幸的事。

⑫篑：原为盛土的竹器，这里指草鞋。

⑬踵：脚后跟，这里代指脚。

⑭仇：报复。

⑮粝：粗糙的米。

⑯粻（zhāng）：粮食，精米。

⑰甘旨：美味的食品。

⑱荐：草。

⑲绳：与“枢”“瓮”“牖”等，皆形容穷人家的房屋。贾谊

《过秦论》："然陈涉，瓮牖绳枢之子，氓隶之人，而迁徙之徒也。"

⑳爽：空气流通。

㉑垲：地势高而土质干燥。

㉒舆从：抬轿和随行的人。

㉓黍熟黄粱：出自唐传奇《枕中记》，卢生在旅店住宿时，梦见自己荣华富贵，醒来时主人黄粱米饭还未煮熟。

㉔车旅蚁穴：化用"南柯一梦"典故。出自唐传奇《南柯太守》，书生淳于棼（fén）梦见自己在南柯国当驸马、任太守，醒来看见庭中槐树上有一大蚂蚁穴。

㉕消受：忍受。

㉖不次：不排列次序。

㉗《志林》：全名为《东坡志林》，是北宋苏轼撰写的笔记著作。

㉘翻用：反而。

㉙西陵：即西兴，钱塘江的渡口。

㉚脚夫：即挑夫。

㉛乡试：明清时期全省秀才聚集省城会考举人的考试。

㉜中式：科举考试合格。

㉝鹿鸣宴：为中举者举行的庆祝宴会。因宴会上唱《诗经·小雅·鹿鸣》而得名。

㉞啮：咬。

㉟雕虫：汉代扬雄在《法言》中认为赋诗"壮夫不为"的"雕虫小技"，后人用来代指写文章。

㊱梦呓：梦话。

㊲漏尽钟鸣：夜尽天明，比喻生命的结束。

㊳二王：指东晋大书法家王羲之、王献之父子。

㊴名根：好名利的本性。

㊵舍利：佛教称死者火化后的残余骨烬。

㊶劫火：佛教语，意为大灾难中的大火灾。

【解读】

张岱（1597—1679），字宗子，又字石公，号陶庵，又号蝶庵居士，山阴（今浙江绍兴）人，明末清初文学家。明亡后，张岱隐居著述，终身不仕。为文沿袭公安、竟陵，提倡任情适性；所写多为山川、风物、民情、习俗，语言优美，文笔清新，意趣隽永，时杂诙谐与伤感情绪，著作有《石匮书》《陶庵梦忆》《西湖寻梦》《琅嬛文集》等。

（明）陈洪绶《授徒图》

《陶庵梦忆》是明清之际经历巨变的张岱在晚年凄凉中追忆繁华生活的一部笔记，具有很强的记载亡国历史的意识。此篇序以佛教因果轮回的观念，解释命运变迁的原因，作为消解亡国破家之痛的精神上的慰藉。从自序中，我们可以看出作者将“忆梦”用来作为书名的原因。

序文开始就描述了自己在国破家亡时惶恐无依、几乎想要自杀的心态：由于还没有完成记载晚明历史的《石匮书》，因此不得不学习司马迁忍辱负重著《史记》的精神，苟且偷生。追思昔日的繁华豪奢的生活，对比今日的贫困潦倒，张岱没有从历史发展的角度，对自己与国家的命运进行哲学意义上的理性分析，而是把这一切归因于因果报应。他认为现在头戴破帽、衣衫褴褛、赤足烂鞋、破屋漏窝、绳床瓦灶、粗粝菜叶、烟熏恶臭、负囊徒步的生活，是对曾经冠缨长带、锦衣绣履、温柔富贵、高楼广厦、玉馔珍馐、洞房歌舞、前呼后拥、驱车驾马的豪奢生活的报应。佛教认为，人的前世今生都生活在物质欲望的“恶”之海里，只有彻底遁入空门，才能得到心灵的宁静。像张岱一样经历了烈火烹油的繁盛生活之后，人们往往会以佛教的思想安慰自己，为自己现在孤寂贫寒的生活寻找心理上的安慰。但是过去的生活毕竟不是梦幻，而是生命亲历的难以忘怀的事实，湖心亭看雪、西湖七月半赏月，以及兰雪茶、目连戏等风雅享受，寄园的湖山胜景、楼外楼的歌舞、金山竞渡、绍兴灯景、西湖香市等似乎还可触目的生活场景，都成为一缕飞逝的轻烟，成为当年卢生枕上的黄粱一梦。因此，他只有遥想往事，书于纸上，向佛忏悔。

结尾更为惊奇，张岱以西陵挑夫和寒士中式的故事，嘲笑自己是在梦魇中梦呓。正如大梦将醒却独事雕虫，名根未泯，即使

浙江杭州西湖湖心亭

戏曲版画《南柯梦之玩月》

是再遭劫火也要坚持著书。这不禁让人感到，在作者心中，难以真正抹去昔盛今衰的哀痛，梦境中流露出的是他的家国之思、身世之感、黍离之悲。

作者在自序中，毫不隐讳地流露自己的真情实感和思想矛盾，表明作者在沉痛的反思。复杂的矛盾斗争中，既有对过去的忏悔，又有对过去的留恋；既想摆脱过去与现实反差巨大而造成的精神负担，又难以挣脱其流传后世的不化的“名心”“本性”。一个既清醒又痴心，坚强中又带几分软弱的作者形象跃然纸上，清晰地呈现于读者面前。

文章结构精巧，语言优美，意境沧桑，感慨遥深，是一篇不可多得的佳作。

聊斋志异自序

蒲松龄

披萝带荔①，三闾氏②感而为《骚》；牛鬼蛇神，长爪郎吟而成癖③。自鸣天籁④，不择好音，有由然矣⑤。松落落秋萤之火⑥，魑魅争光⑦；逐逐野马之尘⑧，罔两见笑⑨。才非干宝⑩，雅爱搜神；情类黄州，喜人谈鬼⑪。闻则命笔，遂以成编。久之，四方同人，又以邮筒相寄⑫，因而物以好聚⑬，所积益夥。甚者，人非化外⑭，事或奇于断发之乡⑮；睫在目前，怪有过于飞头之国⑯。遄飞逸兴⑰，狂固难辞；永托旷怀，痴且不讳⑱。展如之人⑲，得毋向我胡卢耶⑳？然五父衢头，或涉滥听㉑；而三生石上，颇悟前因㉒。放纵之言，有未可概以人废者。

松悬弧时㉓，先大人㉔梦一病瘠瞿昙㉕，偏袒入室㉖，药膏如钱，圆粘乳际，寤而松生，果符墨志㉗。且也少羸多病，长命不犹㉘。门庭之凄寂，则冷淡如僧；笔墨之耕耘㉙，则萧条似钵㉚。每搔头自念，勿亦面壁人果是吾前身耶㉛？盖有漏根因㉜，未结人天之果㉝；而随风荡堕，竟成藩溷之花㉞。茫茫六道㉟，何可谓无其理哉！独是子夜荧荧㊱，灯昏欲蕊㊲；萧斋瑟瑟，案冷疑冰。集腋为裘㊳，妄续《幽冥》之录㊴；浮白载笔㊵，仅成孤愤之书㊶。寄托如此，亦足悲矣。嗟乎！惊霜寒雀，抱树无温；吊月秋虫㊷，偎阑自热㊸。知我者，其在青林黑塞间乎㊹！

康熙己未春日㊺。

【注释】

①披萝带荔：语出《九歌·山鬼》：“若有人兮山之阿，披薜荔兮带女萝。”

②三闾氏：指屈原。屈原曾在楚怀王时任三闾大夫。

③“牛鬼”二句：“长爪郎”是指唐代诗人李贺，因其手指长得很长而得名。同时代的诗人杜牧曾为李贺的诗作序，有“牛鬼蛇神”的比喻，实指李贺的诗有许多虚幻怪诞之处。

④天籁：语出《庄子·齐物论》，意为自然之音。这里的意思是诗文发自胸臆，无雕琢之迹。

⑤由然：缘由，来由。

⑥松：作者的自称。

⑦魑魅争光：晋代裴启《语林》载，嵇康晚上在灯下弹琴时，曾遇见

一个鬼怪，于是将灯吹灭，还说：“耻与魑魅争光。”蒲松龄反用其义，有自嘲的意味。

⑧野马之尘：语出《庄子·逍遥游》：“野马也，尘埃也，生物之以息相吹也。”这里用来比喻尘世名利。

⑨罔两见笑：语出《南史·刘损传》：刘损的族人刘伯龙家贫，及为武陵太守，境况更差，欲贩卖营利，一鬼在傍抚掌大笑。伯龙曰：“贫穷固有命，乃复为鬼所笑也。”罔两，亦作“魍魉”，即鬼怪。

⑩干宝：东晋著名作家，集古今神怪故事，写成《搜神记》，为六朝志怪小说中的代表作。

⑪“情类”二句：语出叶梦得的《避暑录话》，苏轼以“谤讪朝廷”之罪，被贬为黄州团练副使，与人谈话，强人说鬼，或辞无有，便说：“姑妄言之。”

⑫邮筒：古代传递书札、诗文所用的竹筒。

⑬好：喜好，爱好。

⑭化外：未开化的地方。

⑮断发之乡：蛮荒之地。语出《史记·吴太伯世家》：“太伯、仲雍乃奔荆蛮，文身断发。”

⑯“睫在”二句：意思是眼前所发生的怪事，竟比飞头国的事更为离奇。飞头之国是古代传说中的一个怪异地方，见唐代段成式的《酉阳杂俎·异境》：“岭南溪洞中，往往有飞头者，故有飞头獠子之号。”

⑰遄飞逸兴：意兴飞扬。

⑱不讳：毫不避忌。

⑲展如之人：语出《诗经·鄘风·君子偕老》：“展如之人兮，邦之媛也。”展如，诚实。

⑳胡卢：形容笑声。语出《孔丛子·抗志》：“卫君乃胡卢大笑。”

㉑“五父”二句：《史记·孔子世家》载，叔梁纥与颜氏女野合而生孔子，颜氏讳言叔梁纥的下葬之处。颜氏死后，孔子“乃殡五父之衢，盖其慎也”。五父衢：道路名称，位于今山东省曲阜市东南。

㉒“而三生”二句：语出唐代袁郊的《甘泽谣·圆观》，叙僧圆观能知前生、今生、来生事。一日，圆观与李源同游三峡，见一妇人汲水，便对李源说：“是某托身之所。更后十二年中秋月夜，杭州天竺寺外，与君相见。”届时，李源来到杭州，见一牧童唱道：“三生石上旧精魂，赏月吟风不要论。惭愧情人远相访，此身虽异性长存。”这牧童便是圆观的后身。后遂以“三生石”表情谊前生早已

注定，延续不断。

㉓悬弧：语出《礼记·内则》：“子生，男子设弧于门左，女子设帨于门右。”弧，弓。后以“悬弧”指代男孩子的诞生。

㉔先大人：死去的父亲，这里指蒲盘。

㉕瞿昙：梵语，原为佛教始祖姓氏，后泛指僧人。

㉖偏袒：和尚身穿袈裟，袒露右肩，故称。见《释氏要览·礼数》：“偏袒，天竺之仪也。”

㉗墨志：黑痣。

㉘长命不犹：长大成人后命运不如别人。

㉙笔墨之耕耘：卖文度日。

㉚萧条似钵：如同托钵和尚一样贫困。

㉛面壁人：《五灯会元》卷一载，佛教禅宗祖师达摩来到中国，面壁而坐九年。这里泛指佛僧。

㉜有漏根因：佛家用语。《景德传灯录》卷二载，梁武帝曾问达摩：“朕即位以来，造寺写经，度僧不可胜记，有何功德？”达摩曰：“并无功德。”帝问何以无功德，达摩曰：“此但人天小果，有漏之因，如影随形，虽有非实。”帝曰：“如何是真功德？”达摩曰：“净智妙圆，体自空寂，如是功德，不可世求。”佛家谓三界之情，由眼、耳、鼻、舌、身、意六根泄漏。“有漏根因”，意思是未断绝尘缘，归于寂空。

㉝“未结”句：承上句而言，意思是未得“证果”。人天，佛教语。六道轮回中的人道和天道。人天之果，即行善者得到的善果。

㉞藩溷：语出《梁书·范缜传》：“缜在齐世尝侍竟陵王子良。子良精信释佛，而缜盛称无佛。子良问曰：‘君不信因果，世间何得有富贵？何得有贫贱？’缜答曰：‘人之生譬如一树花，同发一枝，俱开一蒂，随风而堕，自有拂帘幌坠于茵席之上，自有关篱墙落于粪溷之侧。贵贱虽复殊途，因果竟在何处？’”溷，肮脏的粪坑，这里用以自喻。

㉟六道：佛教用语，即天道、人道、阿修罗道、畜生道、饿鬼道、地狱道。

㊱荧荧：烛光微弱的样子。

㊲蕊：灯油将尽，灯芯结花。

㊳腋：指狐腋下的毛皮。

㊴《幽冥》之录：南朝刘义庆著《幽冥录》，记录神鬼怪异之事。这里泛指志怪小说。

㊵浮白：浮，原指行酒令罚酒，后指满饮。白，古代罚酒用的杯子。这里泛指饮酒。

㊶孤愤之书：战国的韩非子所著的《孤愤》一书。《史记·老子韩非列传》索引云："孤愤，愤孤直不容于时也。"这里指代《聊斋志异》。
㊷吊月：望月哀伤。
㊸阑：即栏杆。
㊹青林黑塞：语出杜甫《梦李白二首》其二："魂来枫林青，魂返关塞黑。"这里比喻冥冥之中。
㊺康熙己未：康熙十八年（1679）。

【解读】

蒲松龄雕像（图片提供：微图）

蒲松龄（1640—1715），字留仙，又字剑臣，号柳泉居士，淄川（今山东省淄博市）人，清代文学家。蒲松龄19岁时第一次参加县、府、道考试，以三个第一名考中秀才，但之后屡试不第，直到71岁，才援例补上岁贡生。他曾经做过别人的幕僚，靠在私塾任教为生，一生穷困潦倒。蒲松龄工于诗文，善作俚曲，曾用二十余年的时间搜集整理民间故事素材，后写成著明短篇小说集《聊斋志异》。

《聊斋志异》是一部以浪漫主义手法写成的现实主义小说，通篇谈论鬼魅精怪，借神怪鬼异抒发悲愤之情，以花妖狐魅映射芸芸众生，涉及科举制度、婚姻爱情、社会道德、民俗风情等诸多内容，是我国小说史上著名的文言短篇小说集。

蒲松龄出生的时候，他的父亲曾梦见一个病弱的和尚，袒露着右肩闯进屋中，铜钱大小的一块膏药粘在胸口。父亲醒后，正好蒲松龄生了下来，胸口果然有一块黑痣。而且蒲松龄小时候也体弱多病，长大后也命不如人。他门庭冷落，就像僧人一样凄凉清苦的孤单居住；以写作谋生，就像和尚拿着钵化缘一样。每当蒲松龄自己独自思量，就会想到父亲梦到的和尚会不会就是自己的前身？蒲松龄一点一滴的积累，想要写成《幽冥录》的续编，但渐渐发现，其实这些作品是在表达自己的孤愤。

《聊斋志异自序》阐明了蒲松龄创作《聊斋志异》的过程、主旨和他的文学主张，表达了作者的“孤愤”之情。自序由屈原与李贺开篇，屈原遭政治迫害而作《离骚》，李贺怀才不遇而假托鬼怪，蒲松龄的命运又何其相似。他的一生屡试不第，无所作为，充斥着无法施展抱负的“孤愤”之情，只好以萤火、尘埃自比，心酸自嘲。他孤寂失意，就如萤火，魑魅都来争这微光；他追逐名利，随世浮沉，反而会被魍魉讥笑。这也说明了《聊斋志异》是蒲松龄对传统的浪漫主义创作手法的继承和发展。之后，蒲松龄拿自己与干宝、苏轼相比，自谦道：虽无干宝之才，但也痴迷奇异的事；很像当年的苏轼，喜欢听人谈鬼怪。蒲松龄除了

蒲松龄故居（图片提供：微图）

山东淄博聊斋城狐仙园（图片提供：阎建华 /FOTOE）

自己“闻则命笔”，还让朋友“邮筒相寄”，说明《聊斋志异》的创作素材来自群众，来自民间。在此过程中，蒲松龄深入了解了民间疾苦，激发了创作的灵感，因而广纳众听，最终集腋成裘，完成了讽刺社会黑暗与不公的《聊斋志异》。

此外，蒲松龄在自序中还描述了他创作环境的艰辛：“门庭之凄寂，则冷淡如僧；笔墨之耕耘，则萧条似钵。……独是子夜荧荧，灯昏欲蕊；萧斋瑟瑟，案冷凝冰。”真实反映了当时生活的困顿，充满了抑郁悲愤之情。文章最后，蒲松龄以寒雀、秋虫自比，感慨人世间已难觅知音。《聊斋志异自序》中大量引用了佛教典故，蒲松龄甚至怀疑自己就是和尚转世。这虽然荒谬，但与《聊斋志异》本身的内容相符合，也可以看作作者抒发愤懑之情的技法。

全文前引先秦，后引当世，横跨千载，穿越人间黄泉，核心思想围绕“孤愤”二字。蒲松龄的文学观念就体现在将“孤愤”之情引入小说的创作，这也使得他笔下的鬼怪、花妖、狐魅等生动传神，大放异彩。蒲松龄一生虽屡试不第，郁郁不得志，但其在文学上的成就灿烂耀眼，其在文学史上的地位崇高而不可动摇。

译《天演论》自序

严　复

英国名学家穆勒约翰有言①："欲考一国之文字语言而能见其理极②，非谙晓数国之言语文字者不能也。"斯言也，吾始疑之，乃今深喻笃信，而叹其说之无以易也。岂徒言语文字之散者而已，即至大义微言，古之人殚毕生之精力，以从事于一学，当其有得，藏之一心则为理，动之口舌、著之简策则为词。固皆有其所以得此理之由，亦有其所以载焉以传之故。呜呼，岂偶然哉！自后人读古人之书，而未尝为古人之学，则于古人所得以为理者，已有切肤精忼之异矣③。又况历时久远，简牍沿讹④。声音代变，则通假难明；风俗殊沿，则事意参差。夫如是，则虽有故训疏义之勤，而于古人诏示来学之旨，愈益晦矣。故曰，读古书难。虽然，彼所以托焉而传之理，固自若也。使其理诚精，其事诚信，则年代国俗无以隔之。是故不传于兹，或见于彼，事不谋而各有合。考道之士，以其所得于彼者，反以证诸吾古人之所传，乃澄湛精莹⑤，如寐初觉。其亲切有味，较之觇毕⑥为学者万万有加焉⑦。此真治异国语言文字者之至乐也。

今夫六艺之于中国也，所谓日月经天，江河行地者尔。而仲尼之于六艺也，《易》《春秋》最严。司马迁曰："《易》本隐而之显⑧，《春秋》推见至隐⑨。"此天下至精之言也。始吾以谓本隐之显者，观象系辞以定吉凶而已⑩，推见至隐者，诛意褒贬而已⑪。及观西人名学，则见其于格物致知之事⑫，有内籀之术焉，有外籀之术焉⑬。内籀云者，察其曲而知其全者也，执其微以会其通者也。外籀云者，据公理以断众事者也，设定数以逆未然者也。乃推卷起曰：有是哉，是固吾《易》《春秋》之学也！迁所谓本隐之显者，外籀也；所谓推见至隐者，内籀也。其言若诏之矣。二者即物穷理之最要涂术也⑭。而后人不知广而用之者，未尝事其事，则亦未尝咨其术而已矣。

近二百年，欧洲学术之盛，远迈古初⑮。其所得以为名理、公例者，在在见极⑯，不可复摇。顾吾古人之所得，往往先之，此非傅会扬己之言也。吾将试举其灼然不诬者，以质天下⑰。夫西学之最为切实而执其例可以御蕃变者，名、数、质、力四者之学是已⑱。而吾《易》则名、数以为经，质、力经为纬，而合而名之曰《易》。大宇之内，质、力相推⑲，非质无以见力，非力无以呈质。凡力皆乾也，凡质皆坤也⑳。奈端动之例三㉑，其一曰："静者不自动，动者不自止；动路心直㉒，速率必均。"此所谓旷古之虑㉓。自其例出而后天学明㉔，人事利者也。而《易》则曰："乾，其静也专，其动也直。"㉕后二百年，有斯宾塞尔者㉖，以天演自然言化，著书造论，贯天地人而一理之㉗，此亦晚近之绝作也。其为天演界说曰："翕以合质，辟以出力㉘，始简易而终杂糅。"而《易》则曰："坤，其静也翕，其动也辟。"㉙至于全力不增减之说㉚，则有自强不息为之先㉛，凡动必复之说㉜，则有消息之义居其始㉝。而"易不可见，乾坤或几乎息"之旨㉞，尤为"热力平均，天地乃毁"之言相发明也㉟。此岂可悉谓之偶合也耶！虽然，由斯之说，必谓彼之所明，皆吾中土所前者，甚者可谓其学皆得于东来，则又不关事实，适用自蔽之说也。夫古人发其端，而后人莫能竟其绪，古人拟其大，而后人未能议其精，则犹之不学无术未化之民而已。祖父虽圣，何救子孙之童昏也哉㊱！

大抵古书难读，中国为尤。二千年来，士徇利禄，守阙残，无独辟之虑。是以生今日者，乃转于西学，得识古字用焉。此可与知者道，难与不知者言也。风气渐通，士知弇陋为耻㊲。西学之事，问涂日多，然亦有一二巨子，訑然谓彼之所精㊳，不外象形下之末㊴；彼之所务，不越功利之间。逞臆为谈，不咨其实，讨论国闻、审敌自镜之道㊵，又断断乎不如是也。赫胥黎氏此书之旨，本以救斯宾塞任天为治之末流㊶，其中所论，与吾古人有甚合者。且于自强保种之事，反复三致意焉。夏日如年，聊为迻译㊷。有以多符空言无裨实政相稽者，则固不佞所不恤也㊸。

光绪丙申㊹重九㊺严复序。

【注释】

①名学家：名学，逻辑学。穆勒约翰，即约翰·穆勒（1806—1873），英国哲学家，著有《逻辑体系》（严复译作《穆勒名学》）、《论

自由》（严复译作《群己权界论》）。

②理极：最精深的理论。

③切肤精忱：切和精，指深切、精微，肤和忱，指粗浅、表面。

④简牍沿讹：指书籍抄写或刻板过程中传承下来的错误。

⑤澄湛精莹：比喻了解透彻。

⑥觇毕：即占毕，泛指读书和吟诵。

⑦加：胜过。

⑧本隐而之显：根据隐微的推求到显著的。

⑨推见至隐：从明显推论隐微。

⑩观象：卜卦术语。观察龟甲裂纹卦象。系辞：附在卦下解释卦卜的话。

⑪诛意：责备人动机不善。

⑫格物致如：研究事物从而得到知识。当时称西方科学主要是自然科学为格致。

⑬内籀（zhòu）之术：归纳法。外籀之术：演绎法。

⑭最要涂术：最重要的途径和方法。

⑮远迈古初：远远超过古代。

⑯在在见极：往往分析出最正确的见解。

⑰灼然不诬：明白可信。

⑱御蕃变：驾驭繁复变化的事物。名、数、质、力：指名学中的逻辑学、数学、化学和物理。

⑲相推：相互作用。

⑳乾、坤：《易经》以乾为天，以坤为地。

㉑奈端：牛顿（1642—1727）的旧译名。

㉒动路必直：运动的路线一定是直的。

㉓旷古之虑：前所未有的思想。

㉔天学：天文学，这里泛指自然科学。

㉕“乾，其静也专”两句：语出《易经·系辞上》。这里用来附会力学。

㉖斯宾塞尔（1820—1903）：英国社会学家，著有《群学肄言》等书。

㉗“贵天地人”句：用解释自然天地的道理来解释社会人。

㉘“翕以合质”两句：聚合成为物质，分解就会释放出能量。

㉙“坤，其静也翕”两句：语出《易经·系辞上》，意思是大地在静时是凝闭的，在动时为万物生长状。

㉚全力不增减之说：即能量守恒定律。

㉛自强不息：这里的意思是附会。

㉜凡动必复之说：指牛顿力学第三定律（作用力和反作用力相等，方向相反）。

㉝消息之义：语出《易经·丰》："天地盈虚，与时消息。"指寒暑往来、陵谷变迁的盛衰变化。

㉞"易不可见"二句：意思是变化不存在了，天地也就近乎止息了。

㉟"热力平均"二句：即德国物理学家克劳修斯等人主张的"热寂说"。

㊱童昏：幼稚无知。

㊲弇陋：闭塞鄙陋。

㊳訑然：骄傲自大的样子。

㊴象术形下之末：这里比喻微不足道。

㊵审敌自镜：审察敌情，这里用作自省。

㊶任天为治：即尊重自然规律。

㊷迻译：翻译。

㊸不佞：不才，作者的自谦。

㊹光绪丙申：清光绪二十二年（1896）。

㊺重九：九月初九，即重阳节。

【解读】

严复（1854—1921），名宗光、礼乾，字又陵、几道，福建侯官（今福建省福州市）人，我国近代著名的资产阶级改良主义者，翻译家。光绪二年（1876），严复远赴英国海军学校留学，其间致力于研究英国的社会政治、经济制度，大量阅读英法资产阶级学者著作。回国后，严复任清政府北洋水师学堂总办、京师大学堂监督，后历任京师大学堂译局总办、上海复旦公学校长、安庆高等师范学堂校长、清朝学部名辞馆总编、北京大学校长等职。严复著述甚多，甲午中日战争后，曾发表《论世变之亟》《原强》《救亡决议》等文章，力主提倡新学，反对保守顽固。严复一生致力于翻译西方著作，传播西方文化，主要译著有《原富》《名学浅说》《群学肆言》等，编有《严译名著丛

1905年严复于英国伦敦留影

严复译著

刊》，有《严几道文抄》。

严复是我国最早将西方的科学文化介绍给国人的启蒙思想家之一。《天演论》是英国赫胥黎的著作《进化论与伦理学》的前两章，1895年译成中文，1898年正式出版，是严复最有影响的代表译著之一。严复翻译《天演论》时正值清政府风雨飘摇之际，鸦片战争、甲午战争给中国造成了重大的创伤。国家兴亡之际，严复深刻思考西方列强崛起和中华民族没落的根源，认为应学习西方先进的科学技术文化知识，“通中外之情”，因此大量翻译了若干西方学术经典。这在当时引起了极大的轰动，极大地冲击了人们的思想，随后爆发的维新运动和“五四”运动都与严复著作开启的启蒙运动有关。《天演论》是“为中国西学第一者也”，严复是“介绍近世思想的第一人”。

英国逻辑学家约翰·穆勒有句名言：“想要考证一个国家的语言文字并且能够使其最深的理论显现出来，不通晓几国语言的人不能做到。”作者开始时质疑这句话，但是现在深刻地明白并且愈发地相信，同时又感叹此话不能改变。古代的人用尽全部的精力做一门学问，当有所收获时，或成理论，或写在书上成为言辞。如果后人读前人的书，却不尝试做古人的学问，那么对于古人做学问得到的理论，便也有认识深刻和认识肤浅的区别。况且经历的时间久远，书本在抄写或刊刻时可能有沿袭的错误，因此读古书不易。那些依托古书而流传的理论都很相像，但如果理论确实精确，做事确实可信，那么就不会受到年代或者风俗的影响。考证理论的人发现，从国外所得的东西，可以作为我国古人所流传的理论的证据，如能够理解通透了，就好像似大梦初醒一般。相比于读书吟诵，这种乐趣更被学者赞赏。这其实就是研究其他国家语言文字的最大乐趣。

严复生活的年代，欧洲学术的发达远远超过中国。欧洲科学家们所得到的逻辑和公式，往往能发现最正确的东西。严复列举了其中明白可信的地方向天下证明：西方的科学最切合实际，掌握公理就可以驾驭繁复变化的学问，包括逻辑学、数学、化学和物理这四门科学。

天津古文化街上的严复雕像（图片提供：杨兴斌 /FOTOE）

《译〈天演论〉自序》不同于一般的序文，并没有介绍《天演论》的内容和翻译情况，而是宏观分析了东西方学术文化的异同，既肯定了中国古代传统文化的优

严复故居（图片提供：微图）

点，也指明了西方科学文化技术值得学习的长处，同时对两千余年士大夫追名逐利、抱残守缺的保守态度进行了严肃批判，赞扬《天演论》中“物竞天择”“自强不息”“适者生存”“与天争胜”等进化论的思想和理论。这一切在当时都产生了极大的轰动，对国人的思想造成了极大的震动。

序中还将逻辑学、牛顿三大定律、斯宾塞尔的学说等与我国《易经》进行对照分析，逻辑严密，理据充分，雄辩滔滔，具有极高的文学艺术价值。